L'últim Gaudí

The Essential Gaudí

Jordi Bonet i Armengol

L'últim / *The Essential*

Gaudí

El modulat geomètric del Temple de la Sagrada Família

The geometric modulation of the Church of the Sagrada Família

Traducció a l'anglès de Mark Burry

Pòrtic

Aquesta obra ha estat mereixedora
del Premi Lluís Domènech i Montaner
de Teoria i Crítica d'Arquitectura de
l'Institut d'Estudis Catalans l'any 1999

Amb el suport de

FUNDACIÓ
Caixa de Sabadell

DISSENY I MAQUETA
Domènec Òrrit

FOTOGRAFIES ©
Salvador Redó, Jordi Bonet, Jordi Faulí,
Arxiu del Temple Expiatori de la Sagrada Familia i ECSA

DIBUIXOS
Josep Gómez, Jordi Coll, Juan Carlos Melero, arquitectes
(Universitat Politècnica de Catalunya)
Àlex Vila (Oficina tècnica del Temple de la Sagrada Família)
Mark Burry, arquitecte (abans, Victoria University of Wellington,
Nova Zelanda; actualment Deakin University, Austràlia)

EDICIÓ
Montserrat Comelles i Àfrica Ribes

PRODUCCIÓ
Francesc Villaubí

DIRECTOR DE PUBLICACIONS GENERALS
Francesc Boada

DIRECTOR EDITORIAL
Jesús Giralt i Radigales

Primera edició:
juny del 2000

ECSA
Diputació, 250 - 08007 Barcelona
www.enciclopedia-catalana.com
portic@grec.com

IMPRESSIÓ
Tallers Gràfics Soler
Enric Morera, 15 - Esplugues de Llobregat

ISBN: 84-7306-633-2
Dipòsit legal: B.17.127-2000

Agraïments
Acknowledgements

Sense l'exemple i l'estima que el meu pare, Lluís Bonet i Garí, sempre mostrà per Antoni Gaudí i Cornet, no crec que hagués estat possible l'interès que, ja de jovenet, sentia per l'obra i l'estudi de les teories gaudinianes. Em plau agrair el seu mestratge i el dels arquitectes i predecessors en la direcció de la construcció del Temple de la Sagrada Família. També vull donar el meu agraïment als arquitectes Joan Margarit i Carles Buixadé, que des de fa quinze anys assumiren el càlcul estructural amb Josep Gómez Serrano, el qual ha treballat en el dibuix informàtic fet des de la Universitat Politècnica de Catalunya a l'Escola d'Arquitectura del Vallès, amb el col·laborador Jordi Coll. A Jordi Faulí, arquitecte ajudant a peu d'obra, sempre amatent a solucionar problemes de dibuix o reproduccions fotogràfiques, amb l'ajuda competent d'Àlex Vila. A Mark Burry, que ha traduït a l'anglès el text original català amb el mateix interès que ha posat a fer que la informàtica esdevingués l'eina eficaç d'acceleració de les obres. També la disponibilitat de l'equip d'Enciclopèdia Catalana que n'ha assumit l'edició, i a Domènec Òrrit pel disseny del llibre. I, sens dubte, al Jurat del Premi Domènech i Montaner de l'Institut d'Estudis Catalans que va premiar el meu treball, i els ajuts de la Fundació Caixa de Sabadell i de la Fundació Enciclopèdia Catalana, que han permès publicar aquesta obra.

Un record especial per a tots els treballadors anònims, des del cap d'obra als picapedrers, paletes, modelistes, etc., que amb llur esforç van fent realitat el somni de Gaudí.
Laus Deo.

J. B.

Without the example and the esteem my father, Lluís Bonet i Garí, always held for Antoni Gaudí i Cornet, I do not believe that I would ever have felt the interest in Gaudí's work and in the study of his theories I have had since my youth. My thanks for his teachings and those of the architects who preceeded me in the direction of the work on the Church of the Sagrada Família. I should also like to thank the architects Joan Margarit and Carles Buixadé, in charge of structural calculations for fifteen years, along with Josep Gómez Serrano, who worked, in co-operation with Jordi Coll, on the computer-assisted drawing made at the Polytechnic University of Catalonia Vallès School of Architecture. Thanks, too, to Jordi Faulí, on-site assistant architect and always ready to find solutions for problems with drawings or photographic reproductions, with the excellent assistance of Àlex Vila. I am also endebted to Mark Burry, who translated the original Catalan text into English with the same interest he brought to bear in making the computer an effective tool for speeding up our work, to the team at Enciclopèdia Catalana, who undertook publication of the book, and to Domènec Òrrit, who designed it. My gratitude goes out, too, to the jury who awarded my work the Institut d'Estudis Catalans' Domènech i Montaner Prize, and to Fundació Caixa de Sabadell and Fundació Enciclopèdia Catalana, whose assistance made the publication of this book possible.

Finally, a special thank-you to all those anonymous workers, from the foreman down to the stonemasons, bricklayers, modelmakers, etc, whose efforts are helping to make Gaudí's dream a reality. Laus Deo.

J. B.

Sumari / *Summary*

Els darrers anys del mestre

El personatge

Antoni Gaudí i Cornet (1852-1926), català de Reus, fill d'una família de calderers, es titulà el 1878 a l'Escola Superior d'Arquitectura de Barcelona. No disposant els seus pares de posició econòmica, ajudà a costejar-se els estudis treballant al servei d'alguns arquitectes i constructors barcelonins. De jove les seves inquietuds culturals i socials el feren intervenir en el moviment de la Renaixença en favor de la recuperació del seu país, Catalunya, i a través d'entitats culturals es connectà amb la intel·lectualitat catalana. La confiança rebuda d'Eusebi Güell i Bacigalupi, un dels homes d'empresa més importants de l'època, que esdevindria el seu mecenes, li meresqué de fer-li d'arquitecte.

L'amistat amb eclesiàstics de Reus el portà a construir el Palau Episcopal d'Astorga i el Col·legi de les Teresianes de Barcelona. El prestigi professional que anà adquirint féu que industrials i empresaris de Barcelona li encarreguessin edificis a l'Eixample que creixia: les cases Calvet, Batlló i Milà.

Dotat d'un notable esperit d'observació, anà elaborant una arquitectura singular, basada en el fet de servir-se del que mostra la natura per aplicar-

The master's final years

Gaudí the man

The Catalan architect Antoni Gaudí i Cornet (1852–1926), son of a coppersmith from Reus, graduated from the Barcelona School of Architecture in 1878. Due to the humble economic position of his family, he helped defray the costs of his studies by working for a number of Barcelona architects and developers. From his youth onwards, his cultural and social concerns led him to form part of the Renaixença movement, which vindicated the identity of his country of birth, Catalonia and through such cultural institutions he came into contact with many Catalan intellectuals. The confidence shown in him by Eusebi Güell i Bacigalupi, one of the most important industrialists of his time, was such that Güell became Gaudí's patron, appointing him as his architect.

Gaudí's friendship with the ecclesiastical community in Reus led to him being commissioned to build the Archbishop's palace in Astorga and the Teresian School in Barcelona. At the same time he continued to gain professional stature, leading other Barcelona industrialists and magnates to com-

Els darrers anys del mestre

Cripta de la capella de la Colònia Güell.

Colònia Güell crypt.

ho a l'arquitectura. La recerca i l'experiència que anà adquirint al llarg dels anys pogué enriquir-se més encara, gràcies a les diverses obres que Güell va encarregar-li. El Palau Güell, el Parc Güell i la capella de Santa Coloma de Cervelló —Colònia Güell— foren fites importants que s'anaren acumulant per aplicar-les al Temple Expiatori de la Sagrada Família, del qual fou arquitecte fins a la seva mort.

mission him with the design of buildings in the expanding Eixample district of the city: Casa Calvet, Casa Batlló and Casa Milà. Blessed with a remarkable gift of observation, he developed a personal architecture based on applying what he learnt from nature to his work. The knowledge and experience he acquired over the years was further enriched thanks to the various commissions he received from Güell. From the Palau Güell to the Parc Güell and the Chapel of Santa Coloma de Cervelló –Colònia Güell– these works were all important experiences which Gaudí would later apply in the work on the Church of the Sagrada Família, which he directed until his death.

An exceptional commission

Towards the end of 1883, Gaudí received the commission to take over the construction of the Sagrada Família. Considering this the most important opportunity an architect could wish for, he made it his life's work, devoting more than forty years exclusively to working on the project. Now in his prime, Gaudí dedicated practically one-third of his professional life to the undertaking. Though his brief was to continue the work commenced by Villar, he quickly won the confidence

The Master's Finals Years

Un encàrrec excepcional

Al final del 1883 Gaudí rebé l'encàrrec d'intervenir en la construcció del Temple de la Sagrada Família, que considerà com l'oportunitat més important que podia tenir com a arquitecte, i en féu l'obra de la seva vida. Hi dedicà més de quaranta anys però, sobretot, hi treballà de forma exclusiva a partir de la seva maduresa: pràcticament la tercera part de la seva vida professional. Tot i que l'encàrrec fou de continuar l'obra iniciada per Villar, ben aviat es guanyà la confiança de l'Associació de Devots de Sant Josep, promotora del temple.

L'altar de Sant Josep, totalment projectat per Gaudí, s'enllestí el 1885, i la cripta quedà coberta el 1891. Es diu que el fundador de la Sagrada Família, Josep Maria Bocabella, havia somiat que un arquitecte d'ulls blaus, color dels ulls de Gaudí, seria l'artífex de l'obra. Gràcies a la sintonia que sorgí entre ells dos i a un donatiu anònim excepcional, Gaudí plantejà un nou conjunt. Aquest es concretà en el projecte gaudinià i la total entrega de l'arquitecte, que s'abocà amb tota la seva potència creadora a l'aixecament del seu temple.

Els seixanta anys de Gaudí

Quan Gaudí, el 1912, enllestí la construcció de la Casa Milà —la seva darrera gran obra civil— continuava treballant a la capella de la Colònia Güell i al Parc Güell, per encàrrec del comte de Güell i, naturalment, en el Temple de la Sagrada Família i a la catedral de Palma. Encara no havia resolt els conflictes amb l'administració municipal per haver construït la Pedrera amb unes mesures que excedien la normativa de l'època.

of the Association of Devotees of Saint Joseph, which was promoting the building of the church.

The Altar of Saint Joseph was wholly designed by Gaudí and was finished in 1885, whilst the crypt was roofed by 1891. It is said that the founder of the Sagrada Família, Josep Maria Bocabella, had dreamt that an architect with blue eyes would build the church, and he and Gaudí, who indeed had blue eyes, quickly reached a full understanding which, along with a generous anonymous donation, allowed Gaudí to undertake a completely new design. The result was Gaudí's great project, into which he threw himself with all his creative power with the intention of building his church.

Gaudí at sixty

In 1912, when the construction of Gaudí's Casa Milà –his last major secular project– was complete, he continued working for Count Güell on the chapel of the Colònia Güell and Parc Güell as well as, needless to say, the Sagrada Família Church and Majorca Cathedral, but little else. He had not yet resolved his conflicts with the city authorities, which arose from his construction of La Pedrera (Casa Milà) according to specifications exceeding the regulations of the time.

Els darrers anys del mestre

Gaudí havia arribat a seixanta anys, edat en aquell temps força avançada, i, malgrat que la seva salut no era gaire bona, es mantenia en un estat general prou òptim. El seu dia a dia consistia en aixecar-se de bon matí i dutxar-se tot l'any amb aigua freda, per després encaminar-se muntanya avall, cap a Sant Joan de Gràcia, on oïa missa per ser a bona hora a l'obrador del temple. Un frugal desdejuni li permetia seguir el ritme de l'obra, atendre els visitants destacats, que de tant en tant hi acudien, dinar i continuar el treball de recerca, al costat dels seus col·laboradors. A l'hora baixa feia camí cap a la Ciutat Vella, concretament a Sant Felip Neri, on es recollia en oració davant del Senyor sagramentat, per finalment retornar a la seva casa del Parc Güell a descansar.

Amics i admiradors

Aquesta forma de vida austera, senzilla i ben saludable, no li era pas contradictòria amb el seguiment dels esdeveniments ciutadans, i per això mantenia la relació amb els seus amics, molts d'ells personatges insignes de la vida catalana. Feia ben poc, al final del 1911, que el poeta Joan Maragall havia mort; els seus articles l'havien convertit en el gran propagador de l'aixecament del Temple de la Sagrada Família, el qual convertí en el monument protagonista de la Barcelona del futur, a través dels versos de l'"Oda nova a Barcelona", que el gran poeta havia escrit poc després dels esdeveniments vergonyosos de la Setmana Tràgica al juliol del 1909.

Gaudí rep la visita d'Enric Prat de la Riba i el bisbe de Barcelona Dr. Reig al Temple de la Sagrada Família. Fotografia publicada al desembre del 1914 a *Il·lustració Catalana*.

Gaudí with Bishop Reig and Prat de la Riba. Photografy published in December 1914.

Mantenia una respectuosa i amical relació amb el doctor Torras i Bages. Admirava Enric Prat de la Riba, Lluís Millet i l'Orfeó Català. Tots ells valoraven altament l'obra de Gaudí i concretament el que es feia al Temple de la Sagrada Família. Millet havia acompanyat el doctor Schweitzer, que esdevindria premi Nobel i escriuria en les seves memòries com l'havia

Gaudí had reached the age of sixty, quite an advanced age for that time and, despite the fact that he was not generally in the best of health, he remained, broadly speaking, in excellent condition. His daily habits included rising early and showering in cold water all the year round before walking uphill towards Sant Joan de Gràcia, where he took mass prior in order to make an early start at the Sagrada Família works. A frugal breakfast allowed him to keep up with the rhythm of construction, attend to the illustrious visitors who would turn up from time to time, lunch and continue his research work beside his collaborators. He would finally set out for the Ciutat Vella district of the city in the early evening, where he would pray before the Holy Sacrament in the Church of Sant Felip Neri before finally returning to his house in Parc Güell to rest.

Friends and admirers

The Master's Finals Years

This austere, simple healthy lifestyle did not prevent him from keeping up-to-date with events in the city, nor from keeping in contact with his friends, many of whom were prominent personalities in Catalan life. The poet Joan Maragall had died not long before, in late-1911. Maragall's

impressionat el pensament de l'arquitecte, a qui havia comparat amb Ramon Llull. També el valoraven bona part dels seus col·legues i els estudiants que el visitaven i l'escoltaven sovint. És clar que també uns nous corrents de pensament n'iniciaven una crítica que esdevindria ben dura.

Vida al Parc Güell

Des de la casa del Parc Güell, Gaudí contemplà el creixement de la ciutat, mentre els campanars del temple s'anaven aixecant. Allí, havia compartit una vida familiar senzilla amb el seu pare, mort el 1906, i també amb la neboda, Rosa Egea. Les monges carmelites de Sant Josep seguiren la sol·licitud de la fundadora, mare Rosa Ojeda, i l'ajudaren. Encara viu la que llavors tot just havia entrat en aquella comunitat —la mare Montserrat Rius—, una noia que, procedent del poblet de la Santa Creu, de la comarca de la Segarra, havia ajudat directament, en els darrers temps de la vida de Gaudí, a tenir cura de la neteja de la casa, rentar i planxar la roba, i fins i tot preparar el menjar frugal que l'arquitecte necessitava.

El comte de Güell també passava temporades a la seva casa del parc —després convertida en escola—. Possiblement, mecenes i arquitecte es devien preguntar per l'incomprensible pobre resultat del projecte d'aquella ciutat jardí, que no havia estat entesa pràcticament per ningú. Només tres cases eren el resultat d'un esforç econòmic i de promoció per part d'Eusebi Güell, i urbanístic i arquitectònic de Gaudí, que havia esmerçat tota la seva força creadora per oferir unes condicions excepcionals de vida en aquell indret de Barcelona. Un lloc ben situat, assolellat i que, amb el nom ben eloqüent de La Salut —la part més baixa d'aquells terrenys, entre Sant Josep de la Muntanya i l'actual plaça de Sanllehy— era com un gran comellar obert al mar i a la ciutat que creixia.

articles had become an important vehicle of support for the construction of the Sagrada Família Church, and he even portrayed the building as the most emblematic of monuments of the Barcelona of the future in the verses of his "Oda nova a Barcelona" (New Ode to Barcelona) which the great poet had written shortly after the terrible events of the 'Tragic Week' in July 1909. Gaudí maintained a respectful and friendly relationship with Dr Torras i Bages, and was an admirer of Enric Prat de la Riba, Lluís Millet and of the Orfeó Català choir.

These personalities valued the work of Gaudí highly, particularly as regards the construction of the Sagrada Família Church. After Gaudí had spent some time with Dr Schweitzer, later to win the Nobel Prize, Schweitzer noted in his memoirs how impressed he had been by the architect's intellect, comparing him to Ramon Llull. Most of Gaudí's colleagues and students who visited him and heard him speak also had the highest opinion of the Catalan architect. Clearly, too, new currents of opinion were also being formed which were to become severe in their criticism of Gaudí.

Gaudí acompanyava
els visitants del Parc Güell.

Gaudí accompanying a group of visitors to the Parc Güell.

La soledat de Gaudí

El 1912, morta la seva neboda, Gaudí quedà sol a la casa del Parc Güell. La mort del bisbe Campins, l'any 1914, i la manca d'entesa amb els canonges de la seu mallorquina el menaren a deixar la tasca inacabada. Francesc Berenguer, que, segons les pròpies paraules de Gaudí, era la seva mà dreta, també morí el 1914. Rebia, però, satisfaccions que l'encoratjaven: uns quants estudiants d'arquitectura el visitaven amb assiduïtat. També el va anar a veure el president de la Mancomunitat de Catalunya, Enric Prat de la Riba, que acudí amb el bisbe de Barcelona, el doctor Reig, a les obres del temple cap

Life at Parc Güell

From his house in Parc Güell, Gaudí must have looked down on the growing city as the belltowers of his church rose ever higher. Gaudí had shared a simple family life in the house in Parc Güell with his father, who died in 1906, and his niece, Rosa Egea. They were assisted by the Carmelite nuns of Saint Joseph, provided through the good offices of the founder, Mother Rosa Ojeda. Mother Montserrat Rius, who had just entered the community at that time as a young girl from the village of Santa Creu in La Segarra region, is still alive at the time of writing. The help she gave Gaudí in his last years in his house in the Guinardó district of Barcelona included cleaning the house, washing and ironing and preparing the frugal meals he ate.

Count Güell also spent time in his house in the park, later converted into a school. Perhaps the architect and his patron discussed the unaccountably poor outcome of the project for this garden city, an idea practically no one seemed capable of understanding. Only three houses finally resulted from the considerable economic and promotional efforts of Eusebi Güell and the planning and architectural endeavours of Gaudí himself, who had devoted his creative energy to offering excep-

al final d'aquest any. Però la crisi econòmica general també arribà al temple i en feia perillar la continuació. A més de vendre's les propietats de Reus, Gaudí sortí a captar "una gràcia de caritat" mentre es feien altres campanyes que també foren favorables. Rebé visites col·lectives, com la que encapçalà el president de l'Associació d'Arquitectes de Catalunya —Bonaventura Bassegoda i Amigó—, la d'uns quants colegues seus, que aportaren alguns donatius, o la del Centre Excursionista de Catalunya, al febrer del 1917.

Monuments a Josep Torras i Bages i Enric Prat de la Riba

La mort, el 7 de febrer de 1916, del bisbe Torras i Bages, la d'en Prat de la Riba l'1 d'agost de 1917 i finalment la d'Eusebi Güell i Bacigalupi, el seu mecenes, el 8 de juliol de 1918, el degueren afectar profundament. Dels dos primers, Gaudí en deixà plasmats, en uns croquis extraordinaris, els esbossos d'uns monuments.

Per a Torras i Bages, afegí al costat del projecte de la façana de la Passió —que havia restat aparcat com a llegat i repte per realitzar pels seus deixebles— una bellíssima composició vertical en planta i alçat, caracteritzada per unes formes noves, on confluïen les seves recerques i els estudis geomètrics inspirats en la natura, que eren l'essència del que projectava per a les naus del temple.

Per a Prat de la Riba, uns croquis en llapis de traç vigorós que brindà a un dels arquitectes joves i gran admirador, que sovint el visitava, Lluís Bonet i Garí. Aquest arquitecte, just acabada la carrera, com a arquitecte municipal de Castellterçol, va rebre l'encàrrec de l'Ajuntament d'aquesta vila de projectar una plaça i un monument dedicat al seu fill predilecte el seny ordenador de Catalunya.

tional living conditions in this well-placed, sunny area of Barcelona. With the eloquent name of 'La Salut' (health), the lower area of the site, between Sant Josep de la Muntanya and what is now Plaça de Santllehí, was like a great coomb or valley in the flank of the mountain, overlooking the growing city and the sea.

Gaudí's solitude

With the death of his niece in 1912, Gaudí was left alone in the house at Parc Güell. In 1914, the death of Bishop Campins and misunderstandings with the canons of Majorca Cathedral led to Gaudí leaving the project unfinished. Francesc Berenguer whom Gaudí called his 'right hand', also died in 1914. Despite these misfortunes, he drew encouragement from groups of enthusiastic architecture students who visited him regularly. He also received a visit from Enric Prat de la Riba, President of the Catalan Mancomunitat, accompanied by doctor Reig, Bishop of Barcelona, who came to see the work at the end of the same year. However, the general economic crisis also affected progress and jeopardised the continuation of the work. Besides selling

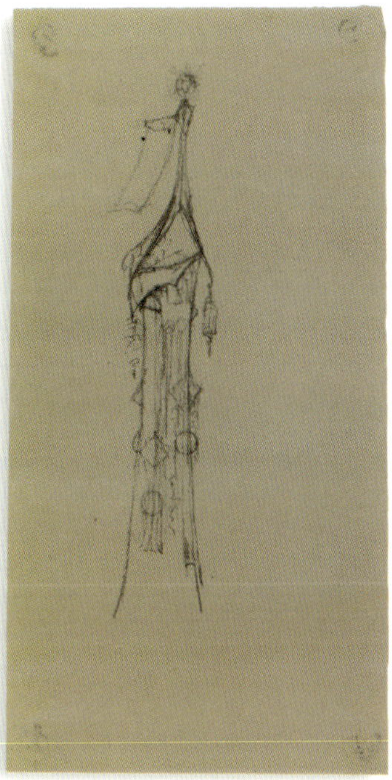

Croquis original de Gaudí (1918) del monument a Enric Prat de la Riba.

Sketch by Gaudí for the monument to Prat de la Riba (1918).

Casa on visqué Gaudí del 1902 al 1925, avui museu, al Parc Güell.

The house in Parc Güell that served as Gaudí's home from 1902-25 and which now contains the museum.

his properties in Reus, Gaudí took to asking for alms, whilst campaigns in favour of the work were also launched. Various group visits were made to the church, including that led by the president of the Catalan Association of Architects, Bonaventura Bassegoda i Amigó, whose colleagues also made donations, and a visit from the Catalan Ramblers' Association in February 1917.

Monuments to Josep Torras i Bages and Enric Prat de la Riba

The deaths of Bishop Torras i Bages, the friend with whom Gaudí had founded the Sant Lluc Art Circle, on 7 February 1916, Prat de la Riba on 1 August 1917 and, finally, his patron, Eusebi Güell i Bacigalupi, on 8 July 1918, must surely have affected him profoundly. For the first two, Gaudí left, in the shape of the most extraordinary models, sketches for memorial monuments.

He proposet that the monument to Torras i Bages be placed beside the Passion Façade of the Sagrada Família, which he had left as a legacy and challenge to be taken up by his followers. This was a beautiful vertical composition in plan and elevation. It was characterised by new forms, a

Els darrers anys del mestre

Carta autògrafa de Gaudí a Torras i Bages en la qual s'interessa per la salut d'Eugeni Güell.

Personal letter from Gaudí to Bishop Torras i Bages enquiring after the health of Eusebi Güell.

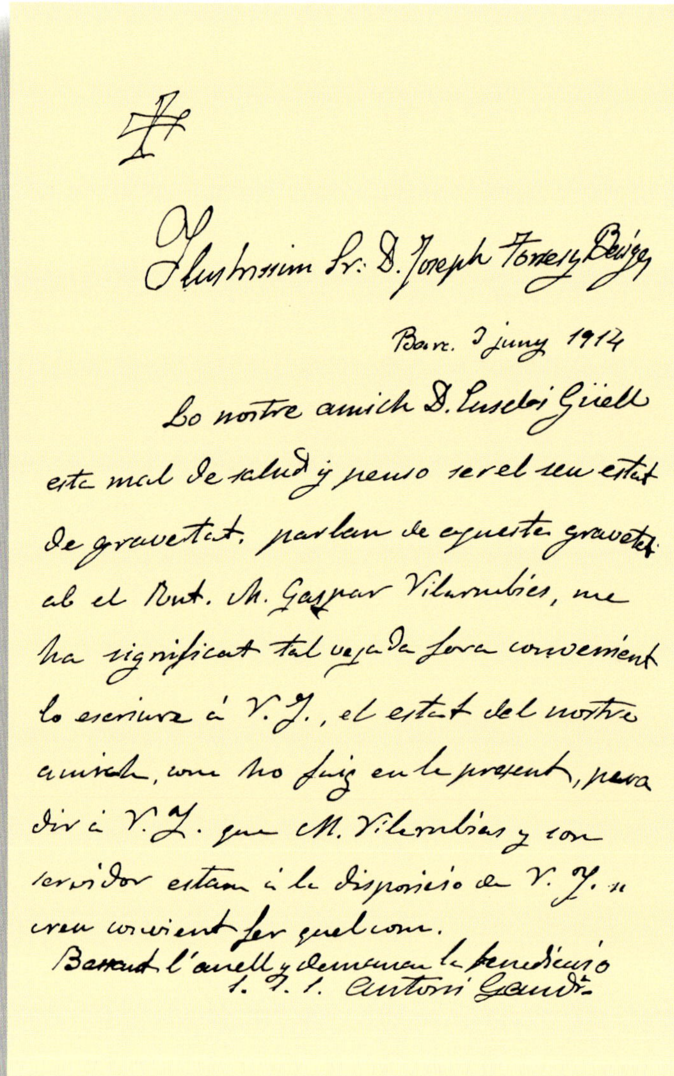

Ilustrissim Sr. D. Joseph Torras y Bages

Barc. 3 juny 1914

Lo nostre amich D. Eusebi Güell
está mal de salud y penso ser el seu estat
de gravetat, parlan de aquesta gravetat
ab el Rnt. M. Gaspar Vilarrubias, me
ha significat tal vegada fora convenient
lo escriure á V. I., el estat del nostre
amich, com ho faig en lo present, para
dir á V. I. que M. Vilarrubias y son
servidor estan á la disposició de V. I. si
creu convenient fer quelcom.
Besant l'anell y demanan la benedició
s. s. s. Antoni Gaudí

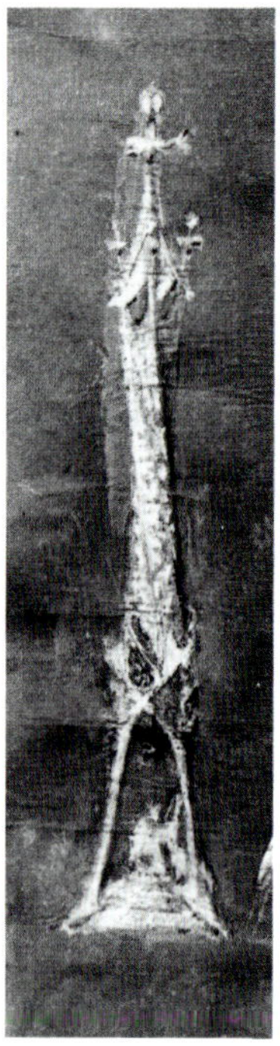

Dibuix original de Gaudí del monument al bisbe Torras i Bages (1917).

Sketch by Gaudí for the monument to Bishop Torras i Bages (1917).

confluence of his research and geometrical studies inspired by nature, the essence of what he had planned for the nave and aisles of the church.

The design for the monument to Prat de la Riba took the form of vigorous pencil sketches which he presented to one of his young admirers, the architect Lluís Bonet i Garí, a frequent visitor who had just taken his degree. As the Town Architect of Castellterçol, he was commissioned by the local authority to design a square and a monument dedicated to its illustrious son, the wise governor of Catalonia.

Complete dedication to the Sagrada Família

Gaudí could see that nothing less than his complete dedication to his church would allow him to pass on all he had dreamed of, all that he carried inside, in full detail to his successors so that they could continue the work with as many of the elements he had planned as might be, and with the greatest faith to the spirit of this new architecture, to which only he could give precise shape and form. He must leave perfectly-defined models with clear, precise geometric line and proportion.

The Master's Finals Years

Plena dedicació al temple

Gaudí va veure que només la dedicació plena i l'entrega total al seu temple podia permetre deixar a l'esdevenidor tot el que ell somniava, tot el que portava a dins, amb el màxim d'estudi i detall. D'aquesta manera, els seus successors podrien continuar-lo amb el màxim d'elements i de fidelitat a l'esperit i a l'arquitectura nova, que només ell era capaç de plasmar i definir, en models perfectament concrets, en línies geomètriques i en proporcions clares i precises.

> "Mort també el seu amic Maragall i, poc després, l'estimat mecenes comte de Güell i el dilecte doctor Torras i Bages, Gaudí es submergeix en la més completa solitud: 'Els meus grans amics són morts; no tinc família, ni clients, ni fortuna, ni res. Així puc entregar-me totalment al Temple'."(1)

Gaudí era conscient que una obra de tals proporcions no podia ser feta per la pròpia generació. Sovint parlava dels que serien els seus successors i, malgrat obrir les possibilitats d'aportar-hi una acció creadora, estava segur que el seu projecte, la seva nova arquitectura, calia que fossin expressats fins al màxim amb uns paràmetres, amb una geometria, és a dir, amb tot el que comporta una disciplina de les ciències exactes, per tal que pogués ser realitzada fidelment d'acord amb el seu pensament.

> "His friend Maragall had died, by his shortly afterwards followed beloved patron Count Güell and the good doctor Torras i Bages, he became submerged in the most complete solitude. 'My greatest friends are dead; I have no family, no clients, no wealth, nothing. I am therefore able to dedicate myself completely to the church.'" (1)

Gaudí was aware that work of such proportions could not be completed by his own generation. He often spoke of those who would be his successors and, despite leaving them the chance to use their own creative skills, he was convinced that his project, with its new architecture, needed to be expressed, as far as possible, within certain parameters, a certain geometry. This is to say that the project needed to be completed in accordance with a discipline of exact science so that it could take shape in complete faith with his thinking.

Visió general del temple

Descripció resumida

El 1882 s'havia iniciat la construcció del Temple Expiatori de la Sagrada Família, promogut per l'Associació de Devots de Sant Josep, fundada per Josep Maria Bocabella, amb un projecte neogòtic de l'arquitecte diocesà Francesc de P. Villar. Poc després de la dimissió de Villar, s'encomanà a Gaudí la direcció de l'obra.

Des de l'inici el temple es construí exclusivament gràcies a les aportacions dels fidels. Un donatiu molt important permeté a Gaudí poder desenvolupar un projecte de gran volada, que adequà a la visió que tenia i que havia expressat per escrit sobre el significat d'un temple cristià.

La gran complexitat i el temps que comportava construir un temple important com a obra d'anys i anys, li féu proposar d'aixecar una façana —la del Naixement— per deixar marcat el pas de la seva pròpia generació. Així, a partir de la cripta iniciada per Villar, Gaudí projectà el temple amb planta de creu llatina, amb tres naus en el transsepte i creuer i cinc fins a la façana principal. Tres grans façanes coronades cada una per quatre campanars: a llevant, la del Naixement; a ponent, la de la Passió; i a migdia, la de la

Overall view of the church

Summarised description

The construction of the Church of the Sagrada Família had begun in 1882, promoted by the Association of Devotees of Saint Joseph, founded by Josep Maria Bocabella, in accordance with a Gothic Revival project drawn up by the diocesan architect Francesc de P. Villar. Gaudí was commissioned with the direction of the work shortly after Villar's resignation.

Since the beginning, work on the church has depended exclusively on donations from the faithful. A particularly generous contribution allowed Gaudí to take the project onto a new, more ambitious plane, one in accordance with the vision he held and had written about regarding the significance of a Christian church.

The great complexity and the many years required to build an important church led Gaudí to propose the construction of a façade –the Nativity Façade– which would testify to the contribution of his own generation. Thus, taking as his starting-point the crypt which Villar had begun

Dibuix original de Gaudí del conjunt del Temple Expiatori de la Sagrada Família.

Original drawing by Gaudí of the Sagrada Família project.

Visió general del temple

"El somni realitzat" dibuix de Joan Rubió, col·laborador de Gaudí, publicat a *La Veu de Catalunya*.

"The dream realised" drawn by Joan Rubió –one of Gaudí's collaborators– published in the La Veu de Catalunya *in 1902.*

Glòria. En el creuer, un gran cimbori que representa Jesucrist i que corona una gran creu de quatre braços a 170 m d'alçada. Quatre cimboris més petits el flanquegen i representen els quatre evangelistes. El cimbori que corona l'absis és dedicat a la Mare de Déu. En conjunt, 18 torres, de les quals actualment només n'hi ha vuit d'acabades. Les mides generals del temple són, a l'interior, 90 m de llargada, 60 m el transsepte i 45 m les naus. Les columnes de suport de les voltes representen les esglésies locals, amb les apostòliques al creuer. Les de Catalunya al seu voltant, amb les dels territoris de parla catalana. A la nau central, les de les arxidiòcesis d'Espanya

Overall view of the church

to build, Gaudí drew up the project for a church with a Latin cross plan with a nave and two aisles in the transept and crossing and nave and four aisles leading up to the main front. There were to be three main façades, each crowned by four bell towers. These are the Nativity Façade facing past, the Passion Façade facing west and the Glory Façade facing south. Over the crossing, the great dome representing Jesus Christ, crowned by a cross of four arms 170 m high. Four smaller cupolas flanking this great dome, represent the four Evangelists. Another cupola crowning the apse is dedicated to Mary, Mother of God. To date, only eight of the eighteen towers planned have been completed. The overall interior dimensions of the Church are as follows: 90 m long by 60 m in the transept and 45 m in the aisles. The columns which support the ceiling vaults represent local churches with the apostolic cathedrals represented by the crossing supports. Those of Catalunya around them, with those of other Catalan-speaking regions. In the nave, those of the archdioceses of Spain and in the aisles, those of the five continents. The vaults and ambulatory are 30 m high, the nave 45 m high, the cross 60 m high and the apse 75 m high.

A cloister surrounds the whole church, separating it from its surroundings. Two buildings or sac-

i les dels cinc continents a la resta de les naus. Les alçades de les voltes se situen a 30 m a les naus laterals i la girola; a 45 m a la nau central; a 60 m al creuer; i a 75 m a l'absis.

Un claustre envolta el conjunt i separa el temple de l'entorn. Dos edificis o sagristies se situen als extrems del carrer de Provença, i les capelles del Baptisme i l'Eucaristia als del carrer de Mallorca.

Estructuralment, Gaudí projectà el temple, d'una gran lleugeresa, a partir de columnes inclinades que es ramifiquen equilibradament tot seguint les corbes de pressions amb una síntesi de formes geomètriques i estructura que conforma la seva nova arquitectura.

Dibuix de Lluís Bonet i Garí del conjunt del temple

Drawing by Lluís Bonet i Garí of the church project.

La plaça estrellada

El 1915, sortí la primera edició d'un àlbum explicatiu del que era i seria el Temple de la Sagrada Família. Era l'expressió d'un programa que mostrava el que estava ja realitzat i que mitjançant uns dibuixos i models de guix presentava el que esdevindria en el futur.

Ja no era solament el que s'exposà públicament a *La Veu de Catalunya* el 1902 com "el somni realitzat", ni el que es presentà a l'Exposició de París el 1910, amb l'aportació d'una maqueta a escala 1:25 del conjunt de la façana del Naixement, en la qual la mà del novell arquitecte i ajudant del mestre, Josep Maria Jujol, donà color, ni els dibuixos de la visió de conjunt que s'oferia a la ciutat, que s'expressaven en les sis siluetes corresponents als alçats verticals d'una projectada plaça estrellada que Gaudí proposà a l'Ajuntament de Barcelona. Aquesta inspirada i audaç solució era el resultat i la resposta de la proposició que, amb motiu del pla Jaussely, l'Ajuntament plantejà a Gaudí per tal de resoldre l'entorn del temple que s'alçava. Això fou una excepció en la valoració amb què Gaudí fou majo-

ristics are situated at either end of Carrer Provença, whilst the chapels of the Baptism and of the Eucharist occupy either end of Carrer Mallorca.

In terms of structure, Gaudí planned the church to be extraordinarily light thanks to the inclined columns which branch out symmetrically, following the lines of force to produce the synthesis of geometrical forms and structure which characterises his new architecture.

The star-shaped square

In 1915 the first edition of an album was published describing the Sagrada Família as it was and as it would be. The album explained the programme for the works, showing what had already been done and what the church would later become through drawings and plaster models.

It was no longer what was described in *La Veu de Catalunya* in 1906 as "the dream come true", nor what was presented at the 1910 Paris Exhibition, including a 1:25 scale model of the whole of the Nativity Façade to which the novice architect Josep Maria Jujol, had added colour. Nor was it only the drawings of the overall site which was offered to the city, what was contained in the six

Visió general del temple

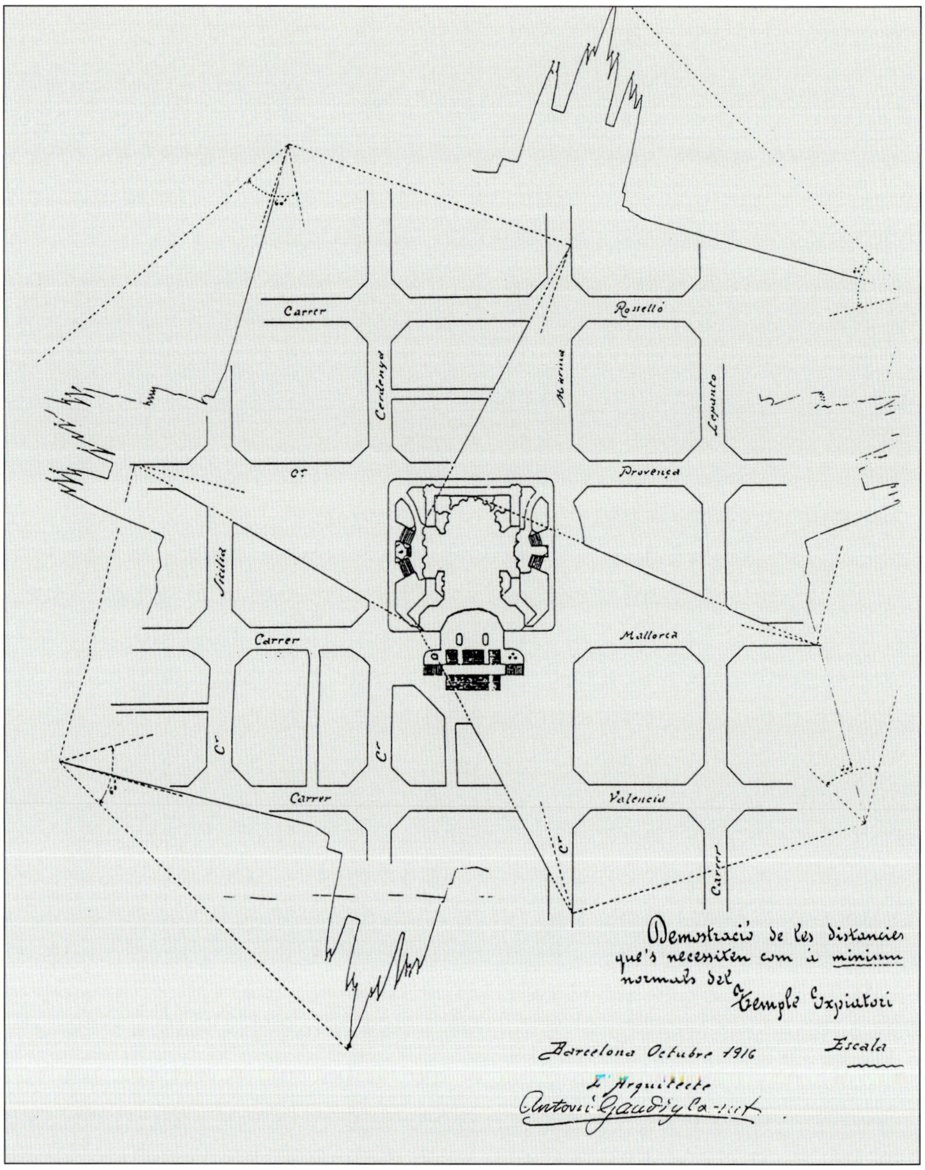

El dibuix de la plaça estrellada, signat per Gaudí al novembre del 1916 i conservat a l'Arxiu Municipal Administratiu de l'Ajuntament de Barcelona, demostra de les distàncies que es necessiten com a mínim per a la visió normal del temple.

The surviving plan of the star-shaped square signed by Gaudí in November 1916 and conserved in the city archives. The plan demonstrates the minimum distances required for a normal view of the church.

Overall view of the church

silhouettes corresponding to the vertical elevations of the planned Plaça Estrellada, or star-shaped square, which Gaudí proposed to Barcelona City Council. This inspired and daring solution was a response to the proposal the Council had made to Gaudí as to how the surroundings of the church currently being built could be resolved within the parameters of the Jaussely Plan. This was something of an exception to Gaudí's general relations with the city administration. Unfortunately, the proposal was not accepted.

The architect proposed a solution for the church surroundings which took into account the economic difficulties of a local authority which could not devote large resources to the expropriation of building land within the Eixample but which, nevertheless, appreciated the monumental aspects of the church with an optimal sight-line set at thirty degrees. It was, without doubt, Gaudí's vision of the completed Sagrada Família Church, with an unmistakable silhouette which would serve to identify the city of Barcelona, between the sea and Montjuïc, above the plane and right in the centre, to the Collserola hills. It was perhaps from this star-shaped square, which will now never be possible, that the idea emerged for opening up Avinguda Gaudí. Despite

ritàriament qualificat per l'administració municipal. Malauradament, la seva proposta no fou pas acceptada.

L'arquitecte proposà la plaça estrellada com una solució a l'entorn del temple que, d'una banda, compartia la preocupació econòmica d'una hisenda municipal que no podia destinar gaires recursos a l'expropiació d'uns terrenys edificables de l'Eixample, i, de l'altra, remarcava l'aspecte monumental del temple en permetre de contemplar-lo des d'un angle de 30 graus, amb la visibilitat més favorable. Era, sens dubte, la visió que Gaudí tenia del Temple de la Sagrada Família acabat, amb la silueta que inconfusiblement acompanyaria la identificació de la ciutat de Barcelona, entre el mar i Montjuïc, sobre la plana, al seu bell mig, fins a Collserola. D'aquesta plaça estrellada, que mai no es podrà veure, possiblement en devia sorgir la idea d'obrir l'avinguda Gaudí. Les places de Gaudí i de la Sagrada Família, que s'obren a llevant i a ponent del Temple, malgrat la major superfície lliure que han deixat, no recullen el suggeriment de l'arquitecte.

Darrerament han aparegut a l'arxiu municipal els plànols que l'any 1916 presentà Gaudí a la vista de l'aprovació del projecte municipal per a l'entorn del temple. La solució plantejada no recollia res del que Gaudí havia proposat anys abans. Era migrada i mostrava que ni polítics ni tècnics no havien entès res del que el mestre oferia. Per això s'afanyà a insistir en la seva solució demostrant a més que s'estalviava gairebé un miler de metres quadrats de la superfície d'expropiació. Les siluetes del temple acabat quedaven mutilades amb la solució municipal. La plaça estrellada permetia veure sempre dues façanes alhora amb l'angle òptim horitzontal i vertical de 30 graus. Aquests plànols foren publicats a *Gaudí* de Ràfols i Folguera, l'any 1928, tot i que encara es desconeixia l'existència a les oficines de l'Ajuntament de la ciutat de la idea de conjunt, tant volumètrica com urbanística, que oficialment Gaudí havia presentat.

Primer esbós del temple, des de l'absis, realitzat per Gaudí i publicat al *Propagador de la devoción a San José*.

Drawing by Gaudí published in the Propagador de la devoción a San José, *the first study of the church from the apse.*

sible, that the idea emerged for opening up Avinguda Gaudí. Despite their larger surface area, it cannot be said of Plaça de Gaudí and Plaça de la Sagrada Família, which open up to the east and west of the church respectively, that they embody the solution Gaudí proposed.

The plans for the church surrounds which Gaudí presented for the approval of the municipal project in 1916 were recently discovered in the city archives. The solution put forward contains no trace of the one Gaudí had put forward years earlier. It was greatly diminished in scope, showing that neither the politicians nor the technicians understood what Gaudí was suggesting. For this reason, Gaudí continued to insist on his solution, demonstrating, moreover, that by adopting it more than one thousand square meters of expropriated land would have been saved. The silhouettes of the completed church are mutilated by the authorities' solution. The star-shaped square allowed two façades always to be seen at the same time at the optimum vertical and horizontal viewing angle of 30 degrees. These plans were published in 1928 in Ràfols i Folguera's book *Gaudí*, yet the city council had no knowledge of the existence of the proposal for such a volumetric and urbanistic site which Gaudí had officially presented.

Visió general del temple

Verticalitat del conjunt

Malgrat tot, el que és important és precisament que es donà, amb aquestes siluetes del temple, la visió general precisa que Gaudí somniava del volum i de la verticalitat del seu conjunt. Visió que a partir d'uns plànols generals s'anà concretant en una estructura equilibrada i lleugera que s'aixeca sobre una planta de creu llatina, amb tres grans façanes i unes voltes i coberta que se suporten per columnes inclinades, les quals es ramifiquen per assolir damunt del creuer una alçada remarcable. Gaudí anà bastint damunt d'aquest esquema tota una plàstica inspirada en la seva observació de la natura, que es concretà en la utilització de la línia recta, generadora de formes enguerxides, lleugeres i més resistents. Aquestes formes, combinades entre si en un microunivers estel·lar en el qual unes proporcions simples es repeteixen, es multipliquen i en fan un conjunt arquitectònic nou, mai no imaginat, complex i senzill, facilitarien el camí dels que indefugiblement havien de continuar i enllestir en el futur l'obra del geni.

Tot és providencial

Gaudí era ben conscient que ell no podia pas portar a terme l'obra del gran temple. Estava, però, convençut que l'esdevenidor depararia, primer, el suport de les generacions futures per a tirar endavant la idea començada; en segon lloc, confiava en el que l'experiència li havia anat confirmant, en els alts i baixos que s'havien anat succeint, en les llargues anyades del seu treball a la Sagrada Família. Sovint deia: "A la Sagrada Família tot és providencial."

Així ho fou la incorporació casual a l'obra iniciada per l'arquitecte diocesà Villar i per l'Associació de Devots de Sant Josep, coneguts com els

Verticality

Despite all, what is important is precisely what these silhouettes created, the precise overall vision that Gaudí dreamed of, for volume and verticality of his building. This vision gradually built up from the general plans, forming a light, balanced structure growing out of a Latin cross plan with three great façades, vaults and roof supported by inclined columns which branch out as they reach up from the crossing to a truly remarkable height. Gaudí went rather further than this schema, to a plastic art inspired by his observation that nature exploits the straight line, used to generate the various light, strong, warped surfaces combined one with another, in a starred microuniverse in which simple proportions are repeated, multipling and forming a new architectural creation never previously imagined, complex yet simple, facilitating the path of those who would in the future inevitably have to continue and complete the work of this genius.

Overall view of the church

Exposició de les maquetes tal com es presentaven als visitants fins al juliol del 1936.

Exhibition of the models up until July 1936.

Everything is providential

Gaudí was perfectly aware that he would not be able to bring the great church to completion in his lifetime. He was, however, convinced that the future would provide, firstly, the support of future generations who would continue the work already begun; and, secondly, what experience had already taught him in the highs and lows of the long years of his involvement with the work of the Sagrada Família. He was often heard to say "with the Sagrada Família everything is a matter of providence".

His very appointment as the architect for the work was a chance affair, as it had already been commenced by the diocesan architect Villar and by a group, the Association of Devotees of Saint Joseph, known as the Josefins, founded by Josep Maria Bocabella and with whom Gaudí had previously had no contact at all, but with whom he identified. This was, above all, due to his contribution both in terms of architecture and spirituality which had led them to evolve little by little.

But he needed to leave a clear definition of what he wished the church to be.

The details he himself gave were not enough, nor the flame that he ignited within the other collaborators. It was necessary to specify certain forms precisely, to define exactly that which his suc-

Visió general del temple

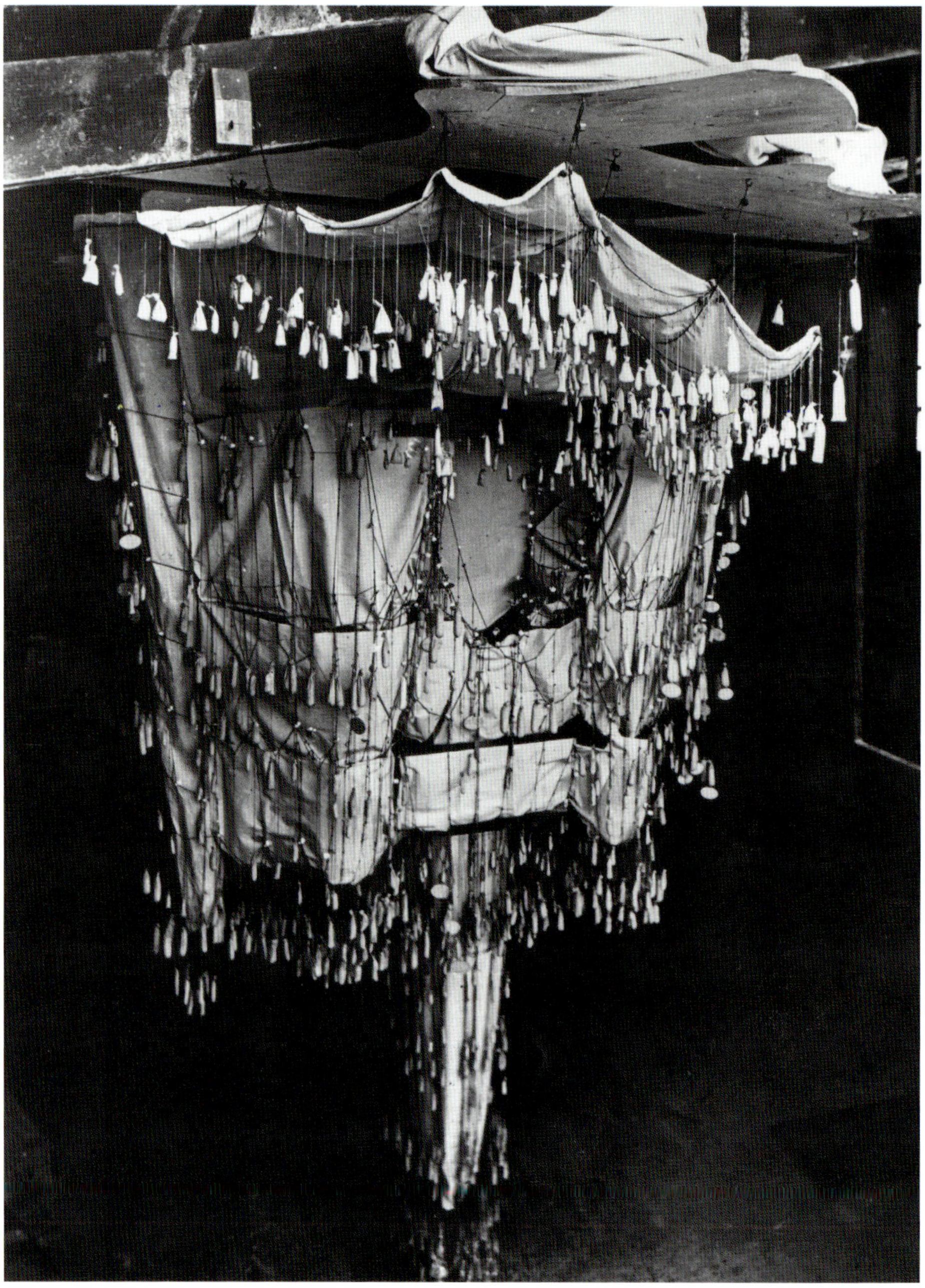

Fotografia del model invertit funicular. Síntesi de l'estructura i forma amb què Gaudí projectà i calculà la capella de la Colònia Güell.

Inverted photograph of the hanging model with which Gaudí planned and calculated the Colònia Güell church.

cessors would have to do, not so much in an absolute and definitive manner, but with sufficient elements to allow the work to be continued in the same spirit and, above all, with a clear idea of the structure and shape formed by his vision of space and colour.

Lack of other work allowed him to devote himself exclusively to the Church up to the end of his life. There were almost fifteen years of tenacious research, the results of which were committed not only to paper but as 1:10 scale gypsum plaster models which could be understood by those wishing to follow in the master's footsteps and whose own efforts would be rewarded by the results achieved.

The continuators of the church

Gaudí also left the door open to the future creativity of those who followed him. He himself admitted:

Overall view of the church

"I am seventy years old, and with what remains of my life, I will not be able to do all that the church requires."(2) Regarding the continuation of the church he commented:

Josefins, fundada per Josep Maria Bocabella, amb els quals no havia tingut mai cap contacte abans, però amb els quals s'havia identificat, en bona part, gràcies al fet que la seva aportació, tant en aspectes d'arquitectura com d'espiritualitat, els havia fet evolucionar de mica en mica.

Però calia que deixés ben definit el que volia que fos el temple. No n'hi havia prou amb el que ell mateix explicava, ni amb la flama que encenia als altres col·laboradors. Era necessari concretar unes formes, definir exactament el que els seus successors havien de fer, si no de manera total i absoluta, amb prou elements per poder prosseguir l'obra amb el mateix esperit i, sobretot, amb la idea clara de l'estructura i de la plàstica que obria la seva visió de l'espai i del color.

La manca d'altra feina li deparà una dedicació total al temple fins al final de la seva vida. Serien gairebé quinze anys d'esforç tenaç en la recerca, que es concretarien no únicament en papers, sinó en models de guix a escala 1:10, entenedors per als que volguessin seguir les petjades del mestre, i eficaços, atesos els resultats que se n'obtenien.

Domènec Sugrañes, arquitecte director entre el 1926 i el 1936 i Francesc de P. Quintana, arquitecte director entre el 1939 i el 1966.

Domènec Sugrañes, Architect Director 1926-1936 and Francesc de P. Quintana, Architect Director 1939-1966.

Isidre Puig Boada i Lluís Bonet i Garí arquitectes directors entre el 1966 i el 1983.

Isidre Puig Boada and Lluís Bonet Garí, directors of architecture between 1966 and 1983.

Els continuadors del temple

Gaudí deixava, a més, la porta oberta a la futura creativitat dels qui el succeirien. Ell deia: "Tinc setanta anys, i amb el que em queda de vida, encara no faré el que necessita el temple."(2) I referint-se a la continuació del temple, comentava:

> "No és de doldre que jo no pugui acabar el Temple; jo em faré vell i hi hauran d'anar d'altres a renovar-se [...] Tornant a les almoines i a la futura direcció del Temple, la Providència ja proveirà, puix que a la Sagrada Família tot és providencial."(3)

"It is a cause of pain to me that I will not able to finish the church. I am growing old and it will fall on others to become renewed (...) providence will provide for the future direction of the church for, after all, everything about the Sagrada Família is a matter of providence." (3)

He added that the spirit of the monument should always be conserved, but that it existence must depend on generations which will transmit life to it and with which it lives and takes shape. (4)

Gaudí went on to state that:

> "I know that the personal taste of the architects who follow me will influence the work, but this does not grieve me. I believe that it will even benefit the church. It will mark changing times within the unity of the overall plan." (5)

With the certainty that he must work ceaselessly in order to make his ideas as clear as possible, but also that his successors should be able to understand and assimilate the architecture he planned, Gaudí intuited that the church would continue to rise as long as popular support was forthcoming, that is to say, as long as providence continued to manifest itself.

Visió general del temple

I hi afegia que s'ha de conservar sempre l'esperit del monument, però que la seva vida ha de dependre de les generacions, que se la transmetran i amb les quals viu i s'encarna.(4)

> "Ja sé que el gust personal dels arquitectes que em succeeixin influirà en l'obra, però això no em dol; trobo que encara beneficiarà el Temple. Marcarà la varietat del temps dintre la unitat del pla general."(5)

Amb aquesta certesa que li calia treballar sense parar per deixar el màxim d'aclarides les seves idees, però també que l'arquitectura que projectava calia que fos entenedora i assimilable pels seus continuadors, Gaudí intuïa que el temple s'aniria alçant en la mesura que la voluntat popular hi donés suport, és a dir, la Providència que es manifestava a través d'aquesta.

La natura com a model: les maquetes a escala 1:10 i 1:25

A la Pedrera, Gaudí havia expressat la seva creativitat a través d'uns volums, d'unes formes i d'unes línies completament lliures, tant, que semblaven únicament intuïdes, quan de segur que són expressió ben meditada del que la natura li inspirava.

Gaudí volia aplicar a l'arquitectura les formes que la natura, on no hi ha discontinuïtats, li suggeria. Calia però, oferir-les volumètricament. Amb el dibuix damunt d'un pla no n'hi havia prou. La geometria esdevingué, doncs, el camí amb què Gaudí podia transmetre als seus successors el que altrament, sense ell, era impossible de seguir. Per a realitzar-ho era necessària una gran dedicació personal, a més d'un cost elevat, ja que cada element calia que fos el resultat de reproduir en pedra, metre a metre, el

Darrera fotografia de la maqueta, a escala 1:10, de les naus del temple a l'obrador de Gaudí (1921-1926). Al fons, el model de la sagristia.

Final photograph of the Sagrada Família Church models (1922-1926). The model for the sacristy is located at the base.

Nature as a model: the 1:10 and 1:25 scale models

In his construction of La Pedrera house, Gaudí had expressed his creativity through the use of volumes and forms from lines so completely free as to appear simply the result of intuition, whereas we can be quite sure that they are a well-considered expression of the inspiration he received from nature.

Gaudí wished to apply to architecture the forms that nature suggested to him and in which there is no discontinuity. It was necessary, however, to suggest them volumetrically. A drawing over a plan was not enough. Geometry therefore became the way by which Gaudí could transmit to his successors that which, without it, would have been impossible to follow. Considerable personal dedication was required to achieve this, and the cost was also high, as each element had to be the stone reproduction, metre by metre, of what had first been formed in gypsum plaster. Thus he carried out his final studies using 1:10 scale models of all his geometrical forms. These, as well as clearly resolving the design of the nave and aisles with details studied in depth, were the clear formulation of the new architecture Gaudí wished to apply.

Overall view of the church

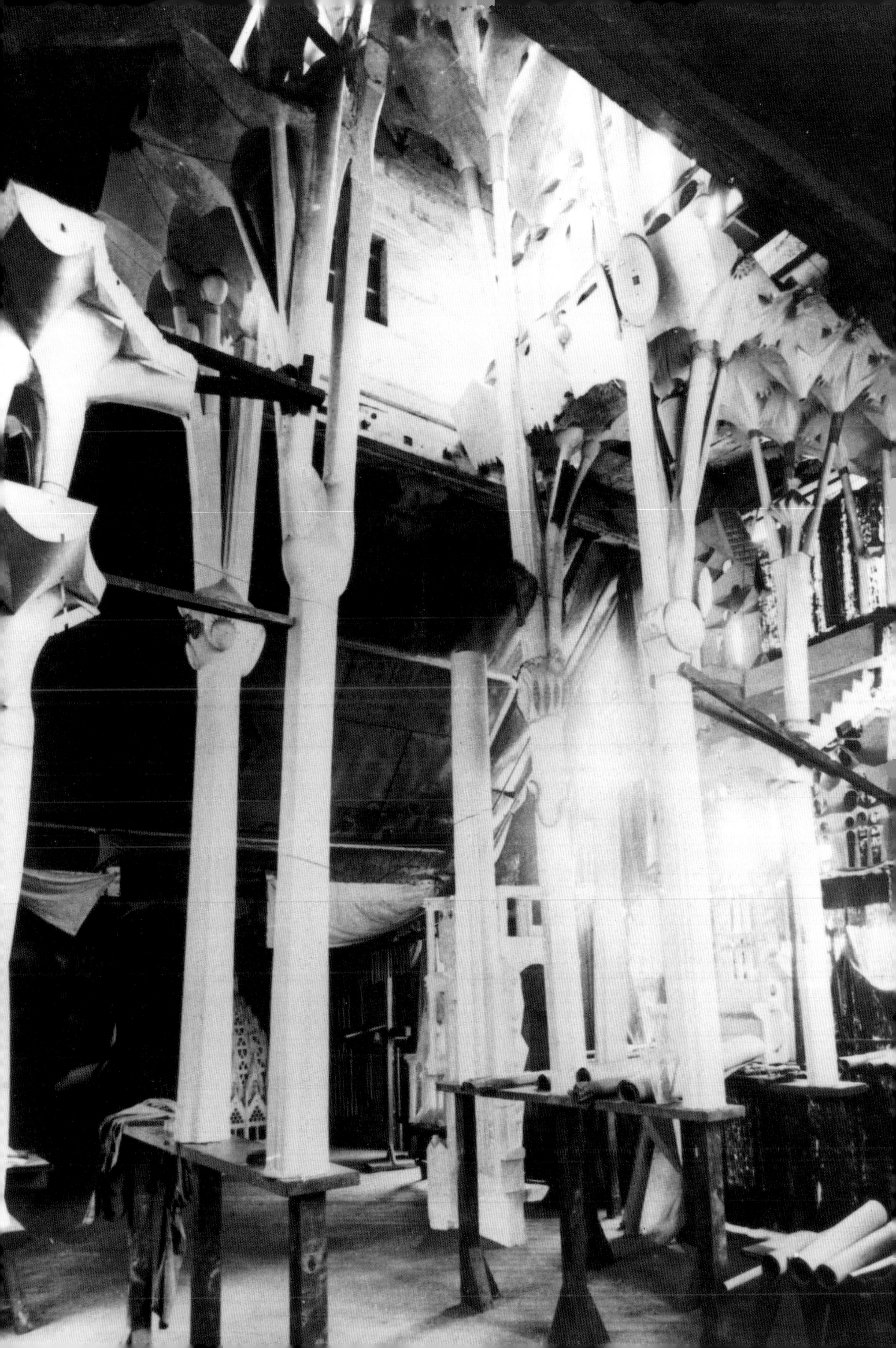

Visió general del temple

que primer s'havia realitzat en guix. Així, emprengué els seus darrers estudis amb maquetes, a escala 1:10, de totes les formes geomètriques, que a més de deixar ben resoltes les naus amb uns detalls enormement estudiats, eren la formulació clara de la nova arquitectura que volia desplegar-hi.

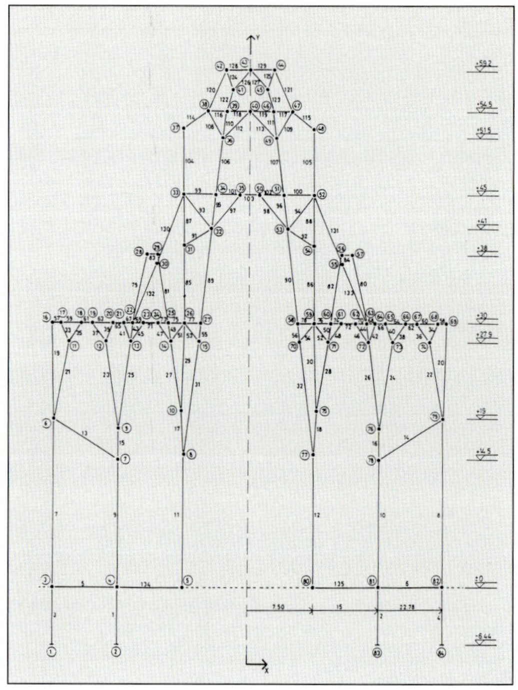

Esquema de l'estructura de les naus realitzat per Margarit i Buixadé.

Structural scheme for the nave by Margarit and Buixadé.

Però ell anà més enllà; per exemple, a cada finestral determinà les escultures que l'havien d'ornamentar i que representen els fruits, les fulles i la collita d'una determinada espècie, col·locats seguint l'ordre d'aparició natural. Comença, doncs, amb les nespres, per seguir amb les cireres, els albercocs, etc., fins a acabar amb les taronges, les castanyes i les magranes. Però, és més, també deixà resolts els llocs on allotjar els reflectors que havien d'il·luminar els vitralls dels finestrals i solucionà com caldria substituir-ne les bombetes.

Una vegada estudiats a escala 1:10 els detalls de cada element —finestrals, columnes, nusos, voltes, etc.—, en feia la maqueta a escala 1:25 per anar completant el conjunt, tot afegint els elements repetits, i així explicar als visitants el que esdevindria el temple. Aquests models s'exposaven a la part de la cripta de llevant (Sant Bernabé), com han demostrat algunes fotografies.

But he went even further, for example determining for each high window the sculptures that should adorn it, representing the fruit, leaves and harvesting of a given plant, placed according to their order of appearance in nature. This begins with medlars, followed by cherries, apricots etc, finishing with oranges, chestnuts and pomegranates. He even left resolved issues such as where to place the reflectors which were to illuminate the glass in the windows, as well as determining how the light bulbs would have to be changed. Once each of the details of each window, column, junction and ceiling vault, had been studied at a scale of 1:10, Gaudí would make a 1:25 scale model gradually building up the entire site, adding all the repetitive elements, used to explain the work to visitors to the church. These models were on show in the crypt beneath the eastern façade (Saint Barnabas), as can be seen in various photographs.

Structure

Overall view of the church

In 1923, Domènec Sugrañes gave an important lecture to the Associació d'Arquitectes de Catalunya (6). In it he described the system of calculation and construction techniques that Gaudí wished to use to build the Sagrada Família Church.

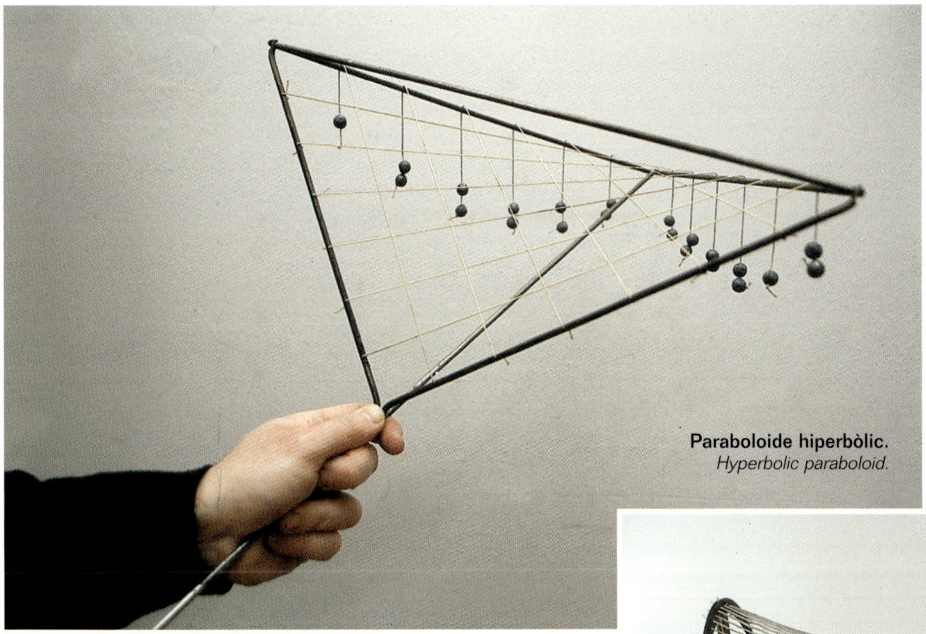

Paraboloide hiperbòlic.
Hyperbolic paraboloid.

Instruments de què Gaudí se servia per a estudiar les superfícies reglades i llurs interseccions.

Mathematical model with which Gaudí studied ruled surfaces and their intersections.

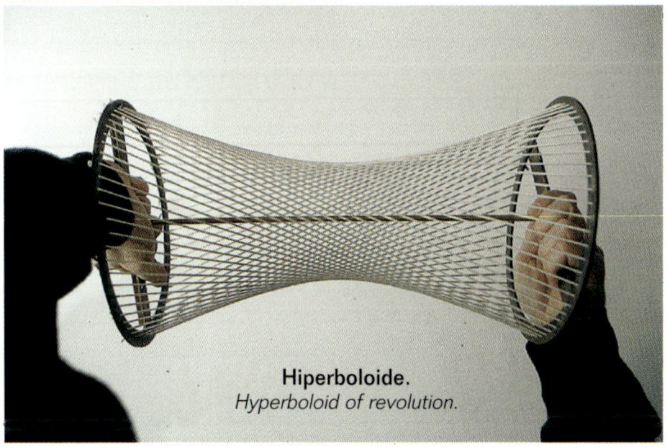

Hiperboloide.
Hyperboloid of revolution.

Estructura

L'any 1923, Domènec Sugrañes donà una important conferència a l'Associació d'Arquitectes de Catalunya (6). S'hi exposà tot el sistema de càlcul i els sistemes constructius que Gaudí volia utilitzar per a construir el Temple de la Sagrada Família.

Si a final de segle havia millorat el neogòtic del seu predecessor Villar i n'havia aixecat les ogives, l'experiència de la capella de la Colònia Güell va assegurar-li la plena viabilitat de les columnes inclinades i de la divisió de càrregues, a través d'un sistema arborescent que es traduïa en una estructura reticular a l'espai, que transmetia les càrregues seguint directament les línies de pressions.

En realitat, la descoberta de les superfícies dels helicoides, paraboloides i hiperboloides l'empenyia a utilitzar-los amb totes les conseqüències en el temple. Gaudí assimilava els helicoides al moviment i els hiperboloides a la llum. Estructuralment se sintetitzaven en el tetràedre, que anomenava sínte-

Whilst up until the end of the century Gaudí had been improving on the Gothic Revival style of his predecessor Villar and had raised the ogives, the experience of the Colònia Güell chapel proved to him the feasibility of inclined columns and the distribution of loads through a tree-like system, translated into a reticular spatial structure, one which transmitted the forces directly down the thrust lines.

In reality, the discovery of the surfaces of helicoids, hyperbolic paraboloids and hyperboloids of revolution impelled him to use them with all their potential in the church. Gaudí saw the helicoids as representing movement and the hyperboloids of revolution as light. Structurally, they were synthesised in the tetrahedron that he called the synthesis of space (7). Thus Gaudí's structural conception can be summarised as the use of spatially reticulated, that is to say, spatially triangulated, structures. Just as the triangle is non-deformable in plan, so is the tetrahedron in space.

The two systems of bunches of generatrices form a hyperboloid of revolution from the straight lines that glide around a circular or elliptical path following an asymptotic inclination, one system clockwise, the other vice versa. Each set intersects on the surface such that two adjacent generatrices in each direction form triangles. This is similar to the hyperbolic paraboloids based on spatial

si de l'espai (7). Així, la concepció estructural de Gaudí es pot resumir en l'ús d'estructures reticulars en l'espai, és a dir, triangulables. Tal com el triangle és indeformable en el pla, així mateix ho és el tetràedre en l'espai.

Els dos sistemes de feixos de generatrius que formen un hiperboloide a partir de les rectes que llisquen seguint amb inclinació asimptòtica la circumferència o el·lipse del seu collarí i les directrius circulars que passen pels punts d'intersecció entre si de les anteriors generatrius, formen uns triangles. Passa una cosa semblant amb els paraboloides hiperbòlics a partir d'un quadrilàter en l'espai. També es forma una estructura indeformable a partir dels dos sistemes de generatrius dels paraboloides que es compensen quant a esforços de tracció. Tot un sistema estructural basat en formes geomètriques generades per rectes.

Geometria

El domini de l'espai i els profunds coneixements i l'experiència constructiva de Gaudí es combinaren amb una clarividència geomètrica potent i exacta. Per tant, així com en el racionalisme els plans verticals i horitzontals formen el sistema estructural bàsic, amb totes les dificultats que se'n deriven, a través de les superfícies de doble curvatura engendrades també per rectes (paraboloides, hiperboloides, helicoides), és possible de formar unes estructures reticulars en l'espai indeformables que alleugereixin i simplifiquin el conjunt. Aquestes rectes que les constitueixen, perquè en són les generatrius, permeten obtenir un seguit de formes estrellades que combinen unes superfícies amb les altres, acoblant hiperboloides directes o inversos, constituint formes obertes o tancades, massisses o buides, per les quals llisca la llum i es difonen els sons. En dividir les càrregues i portar-les seguint les línies de pressions cap a la base, aconse-

quadrilaterals. These also form non-deformable structures through the two systems of generatrices of hyperboloic paraboloids that compensate when subjected to forces of tension. This is an entire structural system based on geometrical forms generated from straight lines.

Geometry

Gaudí's mastery of space and profound knowledge and experience of construction were complemented by his powerful, exact geometrical clairvoyance. Just as in rationalism then, vertical and horizontal planes form the basic structural system with all the difficulties that derive from them. Through the double curvature surfaces also generated by straight lines (hyperbolic paraboloids, hyperboloids of revolution, helicoids), it is possible to form non-deformable reticulated structures in space which lighten and simplify the assembly. These straight lines which form them as they generate them allow a series of star shaped forms to be obtained which combine some surfaces with others, coupling direct or inverted hyperboloids as open or closed forms, massive or empty, over which light glides and sounds are transmitted. Moreover, they disperse their loads, following their lines of force towards

gueixen formar un complex d'elements que, sense trencar la continuïtat, alleugereix l'estructura, tot aportant noves solucions ben harmòniques, geomètriques i racionals.

Malauradament, foren destruïts tots els dibuixos i les notes que Gaudí, en morir, deixà ben conservats en el seu obrador. Només quedaren els models de guix i encara esbocinats. Sortosament, amb paciència i voluntat, i l'estudi aprofundit, els arquitectes i tècnics que col·laboraren amb Gaudí, reconstruïren les maquetes que després anaren dibuixant, tot i que no podien fer gaire més, amb els mitjans reduïts de què disposaven. Fou una tasca prou important, ja que deixaren els elements bàsics per a prosseguir-ne l'aprofundiment i l'estudi.

Restauració dels models de guix de les voltes, parcialment destruïts.

Restored plaster models of the vaults which had been partially destroyed during the Civil War (1936-39).

L'estudi enfocat a la construcció

Fa entre seixanta i setanta anys que Gaudí deixà prou estructurada aquesta nova arquitectura que s'expressa en les fotografies, els plànols publicats i els models de guix que tothom admira. Només la necessitat d'haver-se d'encarar amb la construcció, cosa que representava passar de l'escala 1:10 a la mida natural, obligava a anar a la recerca del que era cada element. Fins llavors, a través dels motlles i dels models existents, s'havia pogut refer el model que Gaudí havia treballat en els darrers anys de la seva tasca creadora.

Mancava, però, el coneixement de com Gaudí havia arribat allí i, sobretot, de com s'ho havia plantejat: si hi havia uns paràmetres i unes proporcions o una modulació. A través dels ordinadors, tot això s'ha simplificat. Ha resultat relativament fàcil de conèixer cada element i cada superfície; de

the base, forming a complex arrangement of elements which, without breaking the continuity, lighten the structure, providing new solutions which are harmonious, geometrical and rational.

Unfortunately, all the drawings and notes that Gaudí left at his death, well looked after in his studio, were destroyed, and all that remained were the gypsum plaster and models, even these broken into pieces. Happily, through patience and hard work and the in-depth studies carried out by the architects and technicians who had worked with Gaudí, the models were rebuilt, though little more could be done given the scant resources available. These were subsequently drawn. This was a vital task as it provided the basic elements for a deeper understanding and study of the Gaudí's ideas.

Studies focused on construction

It is some sixty or seventy years since Gaudí left us the reasonably well-structured description of his new architecture, expressed in photographs, published plans and the gypsum plaster models which are the admiration of one and all. Only the need to approach the construction process, the business of moving from 1:10 scale to full-size, made it necessary to find out what each element

Visió general del temple

determinar com era possible d'obtenir unes interseccions estrellades, perquè l'ordinador és capaç de trobar la solució que alhora fa possible que un mateix punt sigui comú a diverses superfícies i en doni la plàstica que Gaudí projectà.

L'últim Gaudí

L'any 1921, a prop ja dels setanta anys, Gaudí es plantejà fer un tram complet amb els detalls més petits. Si fins llavors a l'obrador hi havia les possibilitats de l'estructura i la plàstica de la nau, amb les diverses solucions que havia estudiat, però que no el satisfeien al llarg dels anys, ara calia donar-hi una solució definitiva. Aquesta s'anava presentant en els campanars de la façana del Naixement, cap a 100 m d'alçada, amb el color del mosaic venecià i les formes geomètriques plenes de simbolisme i de possibilitats que en conformen els terminals.

És això, l'últim Gaudí; és a dir, el resultat de les seves darreres creacions. D'elles, només se'n coneixien fotografies i els models a escala 1:10, reconstruïts. Una part dels elements que anà construint al seu obrador se'ns descobreixen ara amb la recerca que cal fer-ne per construir i continuar el temple fidelment. Això facilita el coneixement de la seva nova arquitectura i de cara al futur és útil per a completar el que ell no va poder deixar enllestit.

Així, paral·lelament, si la tècnica i l'estudi ens aporten aquesta realitat, també només la finor intuïtiva del poble pot ser capaç de tirar endavant la continuació de les obres a través de donatius. Sense el suport anònim i desinteressat de centenars de milers de fidels, el miracle d'aixecar el temple no hauria estat possible, ni continuar endavant, tot i que no es pot dir quan s'acabarà.

Overall view of the church

was. Until then, it had been possible to reconstruct the model Gaudí had worked on over the final years of this creative undertaking from the existing moulds and models.

What was missing was the knowledge of how Gaudí had come this far and, above all, on what he had based his approach. Certain parameters and proportions or a modulation did exist. Now, through the use of computers, all this has become much more simple. It has become relatively easy to describe each element and each surface, to determine how to obtain starred intersections, since the computer can find the solution which both makes it possible for a single point to be common to various intersected surfaces and give the plasticity of expression which Gaudí sought.

Gaudí's last period

In 1921, when Gaudí was close to his seventieth birthday, he decided to make a whole bay down to the smallest detail. Whilst until this moment the workshop had contained the solutions for the structure and the plasticity of the nave's composition, along with those which Gaudí had studied, but which he had found unsatisfactory over the course of the years, it was now a case of finding the

Terminal del campanar dedicat a l'apòstol sant Bernabé, que Gaudí pogué veure llest sense bastides el 30 de novembre de 1925, on es mostra la geometria, la forma, el color i el simbolisme essencials en la seva nova arquitectura.

Finial to the bell tower dedicated to the apostle Saint Barnabas, which Gaudí was able to see free of scaffolding on November 30 1925. This shows the form, colour and symbolism: the essentials of his new architecture.

definitive solution, that being applied for the Nativity Façade bell towers, up to a height of 100 m, with the colourful Venetian mosaic and the geometrical forms full of symbolism and possibilities that can be found on the finials to the towers.

This is Gaudí's last achievement, that is to say, the result of his final creations. Of them only the photographs and the reconstructions of the 1:10 models are known. Some of the elements Gaudí built up in his workshop and which are revealed to us now in the course of the research into them are required in order to continue the building in line with the master's conception. This facilitates knowledge of Gaudí's new architecture and, looking to the future, will be useful for completing that which he was not able to finish himself.

At the same time, whilst technique and research bring us closer to this objective, it is also true that only the intuitive refinement of the people would allow the work to be continued thanks to their donations. Without the anonymous, disinterested support of hundreds of thousands of the faithful, the miracle of raising the church would not have been possible, nor could it be continued in the absence of an answer to the question as to when the building will be finished.

El taller de Gaudí i la seva continuació

La situació de l'obrador

L'obrador on Gaudí amb els modelistes realitzava els models a escala 1:10 era situat al costat del que avui anomenem l'oficina tècnica del temple, concretament en les diverses construccions que actualment ocupa la casa rectoral i dependències parroquials, que donen al carrer de Provença i xamfrà amb el carrer de Sardenya. La part més extensa contenia el model d'estudi a escala 1:10 de les naus del temple i les campanes tubulars. Hi havia també els models de guix de les escultures de la façana del Naixement i un estudi de l'estructura. Gaudí anava substituint en el model les peces que milloraven les solucions parcials que projectava. Als darrers mesos de la seva vida, s'habilità com a dormitori propi un espai reduït a prop de la seva taula de treball. El llibre de l'arquitecte Josep Gómez Serrano *L'Obrador de Gaudí* dóna a conèixer detalladament l'edifici.

Els fragments originals conservats confirmen el retorn dels finestrals del creuer.

Surviving fragments of the original model confirming Gaudí's intentions regarding the returns for the crossing clerestory windows.

Gaudí's studio and the continuation of the work

Location of the studio

The workshop studio where Gaudí and the model makers made the 1:10 scale models stood beside what is referred to today as the Church Technical Office, more precisely the different buildings now occupied by the rectory and the parish offices on the corner of Carrer de Provença and Carrer de Sardenya. The larger part of the studio contained the 1:10 scale model used to study the church nave and aisles, as well as the tubular bells. There were also the plaster models for the Nativity Façade sculptures and a structural study. Gaudí gradually replaced parts of the model with others which improved the partial solutions he planned. Over the last few months of his life, he converted a small space near his work table into a bedroom. Josep Gómez Serrano's book *L'Obrador de Gaudí* provides a detailed description of the building.

La tasca investigadora del mestre

La investigació que Gaudí realitzava demanava temps i calma, que tenia gràcies a la lenta marxa de les obres del temple, provocada per la manca de recursos econòmics. Explica l'escultor Matamala a les seves memòries inèdites que l'estudi de les maquetes Gaudí se'l reservava com a treball d'investigació i que en elaborar-les amb els modelistes, perdia tota noció del temps. Passaven mesos i fins i tot algun any en cada peça. (8)

Per exemple, per a l'execució d'un model de columna calia, a més de dibuixar-la, fer les seccions que corresponien a cada gir complet, és a dir, corresponents a 8, 16, 32 i 64 estries, en el cas de les columnes de 8 costats, i després el modelista calia que trenés el pas d'una secció a l'altra amb el guix encara modelable, amb l'ajuda d'un regle. N'existeixen sortosament alguns exemplars originals demostratius de la feina requerida. S'esdevenia una cosa similar en les solucions definitives dels capitells o nusos, procedents de la macla entre el·lipsoides. Només per dibuixar ara un d'aquests capitells o nusos amb fidelitat, ha calgut un treball llarg i minuciós —gairebé un any, encara que no sempre dedicat a aquesta feina— per part de l'aparellador Antoni Caminal.

Gaudí esmerçà una llarga dedicació per a arribar a aquestes solucions definitives. En les fotografies del seu estudi i dels trams de la maqueta a escala 1:10 que anava desenvolupant, hi ha passos intermedis. Per exemple, en les columnes de la nau: des d'un volum que lliga amorfament la intersecció de la columna inferior amb les cinc amb què s'obre el brancatge de l'estructura arborescent, o uns elements circulars que intenten resoldre aquest punt difícil, fins a les solucions definitives que, a través de la macla d'el·lipsoides, permeten donar forma als nusos o capitells de les columnes de la nau, diferents de les del creuer i de l'absis, encara que tots procedeixen dels mateixos el·lipsoides.

Gaudí's research work

Gaudí's research work required both time and peace, both of which he had due to the slow progress of construction, a consequence of the shortage of financial resources. As the sculptor Matamala explains regarding the study of the models, Gaudí reserved it for himself as research work adding that he lost all sense of time when he was making them with the model makers. Months, even years would go by before each piece was ready. (8)

For example, to make the model for a column he had first to draw it, then form the sections which corresponded to each completed gyration, that is to say, corresponding to 8, 16, 32 and 64 flutes, in the case of the 8-sided columns. Then the model maker had to "braid" the flutes passing from one section to the next while the setting plaster was still pliable, with the aid of a ruler. Fortunately, there still exist some original examples that demonstrate the work required. Something similar was also true for the final solutions for the column capitals or 'knots', based on macles between the ellipsoids. Just to draw one of these capitals or 'knots' faithfully now took the best part of a year of painstaking work –though he was not exclusively devoted to this task the whole time– by the technical architect Antoni Caminal.

Taula de treball de Gaudí en el seu obrador de la Sagrada Família.

Gaudí's desk in his study, workshop on the Sagrada Família site.

Gaudí era hàbil i personalment intervenia en diverses coses, des de fer les làmpades fins a esbossos d'escultures, però sempre disposava de col·laboradors que l'ajudaven a desenvolupar les idees tan diverses que, després de meditar, calia executar i sobretot posar a prova. Amb el seu entusiasme, era capaç d'engrescar i comunicar el que pensava. És clar que els seus col·laboradors coneixien la tasca que directament realitzaven, però no pas tot el procés de conjunt. L'arquitecte ajudant i successor, Domènec Sugrañes, era el més ben informat. Francesc de P. Quintana era bon coneixedor del procés creador de les columnes, com també perquè ell ho havia dibuixat, de l'estructura del cimbori central, però probablement no dels nusos, formats per macles d'el·lipsoides o altres detalls. És, doncs, natural que no li fos possible d'explicar-ho.

Gaudí invested considerable dedication in reaching these definitive solutions. Intermediate stages can be divined from the photographs of his study and from the sections of the 1:10 model used to develop the design. The nave columns, for example, from a volume which amorphously links the intersection of the column below with the five which form the branches of the tree canopy structure, passing through a number of circular elements used in an attempt to resolve this difficult point tried to the definitive solutions using the macle of ellipsoids, allowing the formation of the nave column knots or capitals. These are different from those of the crossing and the apse, despite the fact that they all emerge from the same ellipsoids.

Gaudí was a master of his art, and intervened personally in a variety of matters, from making lamps to drawing sketches for sculptures, but always had collaborators to help him develop his ideas, so different and which, after reflection, needed to be put into effect and tested. His own enthusiasm enabled him to communicate what he was thinking and motivate others. Needless to say, his collaborators were familiar with the task that they were working on directly, but they did not have a clear idea of the process as a whole. The best informed person was Gaudí's assistant architect and

El taller de Gaudí i la seva continuació

Puig Boada, per escriure el llibre sobre el temple (9), publicat l'any 1929, havia examinat les carpetes i l'arxiu de Gaudí, fins i tot una part no la retornà fins uns quants mesos abans de l'incendi i la destrucció del juliol del 1936. Prou se'n queixava, de no haver-ho conservat més temps!

Gràcies a aquests estudis, coneixem sobretot les idees generals i també la simbologia i la iconografia projectades, però no pas el procés investigador i creatiu de Gaudí, que possiblement podia trobar-se en croquis i notes. Potser, els seus continuadors directes en tenien prou amb les solucions definitives de les maquetes i els models originals a escala 1:10 i 1:25, que consideraven prou eloqüents i que gràcies a una tenacitat i una fidelitat ben poc corrents, aconseguiren de refer.

L'estructura mecànica

Original de nus o capitell de les columnes de la nau central, macla d'elipsoides.

Original model of the 'knot' or capital for the nave columns composed of ellipsoids.

L'any 1898, s'havia plantejat íntegrament l'estructura mecànica del temple (10), tot corregint els defectes que el mestre assenyalava del gòtic. Tot peraltant els arcs, es verticalitzaven els esforços i els arcs s'assemblaven a paràboles amb un punt de 2,5 vegades la llum del tram. Aquesta disposició estructural quedà completament superada amb la solució arborescent definitiva, que finalment, amb l'experiència de la capella de la Colònia Güell, Gaudí aniria desenvolupant. Era una solució equilibrada i arboriforme amb columnes inclinades que es ramifiquen tot seguint les línies de pressions determinades per les càrregues verticals, amb què s'aconsegueix una gran lleugeresa del conjunt.

successor Domènec Sugrañes, whilst Francesc Quintana was familiar with the creative process behind the making of the columns as well as the structure of the central cupola, as it was he who had drawn it. It was probably not he, however, who developed the 'knots' (column articulations), formed from macles of ellipsoids, or other details. It is natural, therefore, that Quintana was not able to explain them.

Gaudí's studio and the continuation of the work

In order to be able to write his book on the church (9), published in 1929, Puig Boada examined Gaudí's files and archives. He even held on to part of this documentation until just a few months before the fire and destruction that took place in July 1936. How he regretted not having kept the material for a little longer!

Thanks to these studies we have an idea, above all, of Gaudí's general ideas and, particularly, the symbolism and iconography Gaudí planed. We do not know, however, about his creative and experimental processes, details of which may have been discernible from his sketches and notes. His immediate successors may have had enough to go on with the definitive versions of the original 1:25 and 1:10 scale models, which they considered eloquent enough and which, thanks to their extraordinary commitment and loyalty, they were able to rebuild.

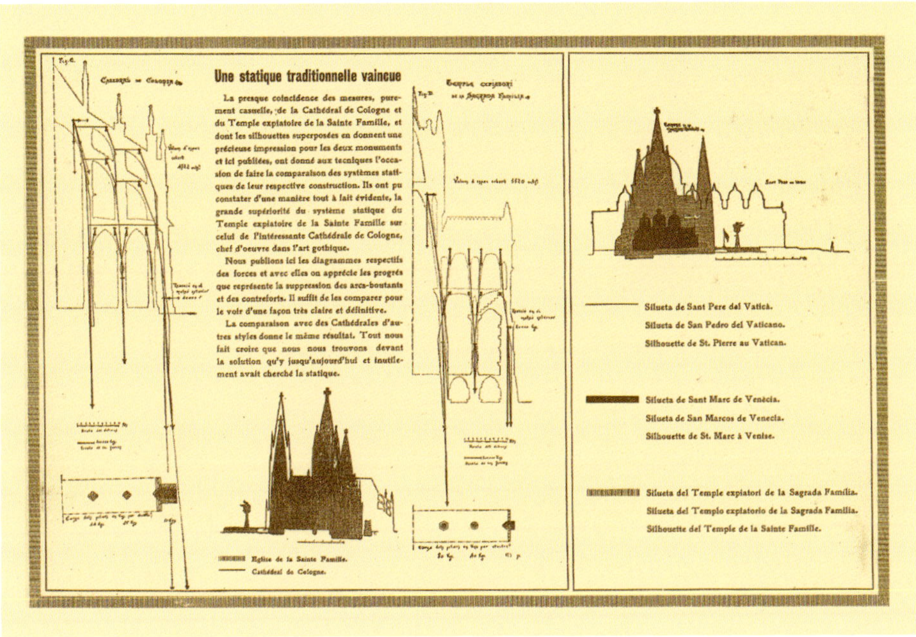

Estudi comparatiu entre la catedral de Colònia, el Temple de la Sagrada Família, Sant Pere del Vaticà i Sant Marc de Venècia. Fou publicat a *Àlbum* el 1925.

Structural study: a comparison of the Sagrada Família Church with the cathedrals of Cologne, St Peter's in Rome and St Mark's in Venice . Published in Àlbum *in 1925.*

Gaudí explicava: "S'han de dividir les masses inertes i, per tant, multiplicar el nombre d'elements actius."(11)

Però en realitat, fins a la darrera dècada de la seva vida, no quedà definitivament resolta la nova arquitectura que ell aportava. Per això comentava: "Estic satisfet de la darrera maqueta de les naus del Temple, però em contraria de no poder-ne veure realitzat ni un sol tram."(12)

I això és ben coherent, després d'anys i anys de treball, amb una altra frase molt significativa:

> "No crec, doncs el més mínim en la improvisació [...] res no s'improvisa, ni confio que la inspiració pogués reduir la meva labor, sinó que aquella havia de ser concedida de més a més."(13)

Una vegada establerta l'estructura general, calia determinar amb precisió unes formes que n'eren l'expressió plàstica. En el fons, Gaudí aconseguí de

Structural design

By 1898, the structural design for the whole church had been completed (10), correcting all the defects Gaudí pointed out in the Gothic. By raising the heigt of the arches, the forces were made more vertical and the arches resembled parabolas with a peak of 2.5 times the light in the bay. This structural arrangement was completely superseded by the final arboreal solution that Gaudí continued to develop based on his earlier experience with the Colònia Güell chapel. This was an equilibrated arbiform solution with inclined columns branching out, following the thrust lines determined by the vertical loading, achieving an overall assembly of extraordinary lightness Gaudí explained: "The dead loads need to be divided up and, consequently, the number of active components increased." (11) It was not until the last decade of his life, however, that the new architecture he brought to the undertaking was finally resolved. It is for this reason that he commented: "I am satisfied with the last model of the church nave and aisles, but I am sorry that I shall not see even one bay completed." (12)

El taller de Gaudí i la seva continuació

resoldre el cobriment de l'espai amb una teranyina de tetràedres que des de les columnes arborescents de generació helicoïdal fins a l'ús de les voltes amb hiperboloides oberts o tancats formaven un conjunt articulat i rígid, en el qual cada element actua alhora de suport i és suportat. A més, en multiplicar-se molts elements se simplifica l'execució, perquè es repeteixen. Així, és possible que es doni grandiositat, tot dividint els esforços a què està sotmesa l'estructura. És com fer realitat en la construcció l'estructura molecular i arbòria o també, en el cas de les columnes, la formació dextrogira i levogira que aglutinen les cèl·lules d'ADN, que són explicació de l'origen de la vida.

La recta és indiscutiblement l'organisme viu que es combina i que és present arreu, la recta generadora de superfícies còncaves i convexes i amb la qual l'arquitecte genial oferia, a través d'una dedicació total, la nova arquitectura del seu temple i, amb ella, tot un ventall de possibilitats per al futur.

Destrucció

L'incendi i la destrucció total del taller de Gaudí i bona part del temple és produí just després de l'aixecament militar del juliol del 1936. Les escoles també cremaren i s'enfonsaren voltes i parets. En cremar la rectoria, el foc passà a l'estudi i l'obrador, plens de papers i elements fàcilment combustibles; així, les cobertes amb els taulons de fusta, en enfonsar-se, no deixaren res, excepte els models de guix, incombustibles, encara que esbocinats. Les turbes que havien incendiat la cripta, fins i tot volien volar amb dinamita els campanars. Un benemèrit militant de l'Esquerra Republicana de Catalunya ho impedí, tot assenyalant que era millor situar en el pont que uneix les torres centrals unes metralladores per rebutjar, des d'aquell punt alt, un possible atac feixista. (14)

This is consistent with another significant comment Gaudí made after many years of work:

> "I don't believe in improvisation in the slightest –nothing is ever improvised– nor do I believe that inspiration can reduce my work, rather that should be granted as something extra." (13)

Gaudí's studio and the continuation of the work

Once the general structure was established, it was necessary to determine precisely the forms which would give it plastic expression. In truth, Gaudí resolved the spatial enclosure by using a web of tetrahedrons which formed a stiff, articulated assembly through helicoidally based tree-like columns and the use of ceiling vaults made from open and closed hyperboloids of revolution. In the assembly, each element worked both in support and in being supported. Furthermore, through the multiplication of many elements, the actual execution of the work becomes simpler, as they are repeated. It is thus possible to provide grandiosity whilst dividing the forces to which the structure is subject. It is like making reality in construction of the molecular or arboreal structure or, in the case of the columns, the right and left twisted formation of DNA cells, which are the explanation of the origin of life.

Document gràfic impressionant de la destrucció de l'obrador de Gaudí on hi havia els plànols de totes les seves obres, pel foc revolucionari del juliol del 1936.

Graphic representation of the destruction of Gaudí's studio, which was the site of all his drawing for his entire oeuvre, devoured by revolutionary fire in July 1936.

The straight line is indisputably the living organism that is combined and which is present everywhere. The straight line is the generator of both convex and concave surfaces, with which the great architect was able to offer, through complete devotion to his work, the new architecture of his church and which furnishes a vast range of possibilities for the future.

Destruction

The fire and accompanying destruction of Gaudí's studio and much of the church itself occurred just after the military uprising of July 1936. The schools also burnt down, and vaults and walls collapsed. After burning down the rectory, the fire passed into the studio and workshop, full of papers and highly flammable materials. Once the roof with its timber beams collapsed, nothing could survive the flames except the incombustible plaster models, and even these were broken into pieces. Having set fire to the crypt, the mob decided also to dynamite the towers. A civil guard and member of the Esquerra Republicana de Catalunya political party prevented this by pointing out that the bridge joining the two groups of towers could be put to good use as a machine gun post to repel a possible attack by the fascists. (14)

El taller de Gaudí i la seva continuació

Salvament

Ben aviat, l'arquitecte Bonet i Garí, que havia rebut el nomenament per part del conseller de Cultura de la Generalitat de Catalunya, Ventura Gassol, d'arquitecte col·laborador del salvament del patrimoni artístic, aconseguí que una brigada municipal recollís els fragments de maquetes i models de guix, que així quedaren aparedats a la cripta del temple, que s'utilitzava per a exposar els models a escala 1:25 i 1:10. L'arquitecte municipal Josep Maria Martino Arroyo respongué amatent a aquella crida, però fou necessari reforçar-ne la protecció dues vegades.

Acabada la guerra, s'inicià la reconstrucció de la cripta, com també la recollida, el primer reconeixement i la classificació dels fragments de maquetes i models de guix, que dirigí l'arquitecte Francesc de P. Quintana, ja que el successor de Gaudí, Domènec Sugrañes, havia mort el 1938. Els fills de Sugrañes conten que la destrucció de l'estudi de Gaudí enfonsà moralment aquell home coratjós, perquè amb l'incendi i la desaparició de tots els plànols pensava que seria impossible de poder continuar les obres. La tristesa de tota una il·lusió en la represa del propi país li precipitaria la mort.

Restauració

Treball pacient de restauració i posterior investigació.

Patient restoration work and subsequent investigation.

La junta d'obres, abans d'iniciar-se la guerra civil, a proposta del senyor Bertran i Güell, havia fet dipositar en un banc de Londres un milió de pessetes dels fons econòmics de què es disposava per a la continuació de les obres, i sobretot per a emprendre la construcció de la sagristia, tal com s'havia acordat l'any 1936. Aquests diners feren possible la restauració de

Salvage

Soon after these events, the architect Bonet i Garí, who had been appointed by Ventura Gassol, Generalitat of Catalonia Minister of Culture, as 'Collaborating Architect for the Salvaging of Artistic Heritage', managed to get a team from city services to collect the fragments of plaster models. These were walled up within the crypt of the church in the part that had been used previously to display the 1:25 and 1:10 scale models. The city architect, Josep Maria Martino Arroyo, responded promptly to this cry for assistance. It was necessary on two occasions to reinforce arrangements for their protection.

Once the war was over, the reconstruction of the crypt commenced, along with the first reconnaissance and classification of the model fragments, directed by the architect Francesc de P. Quintana, as Gaudí's successor, Domènec Sugrañes, had died in 1938. His sons describe how the destruction of Gaudí's studio sunk this courageous man's morale, because he was sure that the fire and subsequent disappearance of all the plans made any continuation of the work impossible. His sadness and pessimism about any possible revival of his country precipitated his death.

Gaudí's studio and the continuation of the work

El taller de Gaudí i la seva continuació

Finestral de la nau central restaurat a escala 1:10.

Restored original model of the lateral nave window.

pràcticament tot el que restava a la cripta. Així, es va reprendre el culte, quedà gairebé tot igual com era, i tal com continua en l'actualitat. És bo de saber que encara vivien artesans, o el mateix encarregat general de l'obra anomenat Brasó, que havien actuat amb el mestre; per tant, poden considerar-se com a originals —ja que mai no foren realitzats directament per Gaudí— elements de fusteria, com portes i mobiliari, o de decoració litúrgica que es conserven.

La tasca ingent de restauració dels originals de Gaudí fou l'obra que emprengueren ben aviat i amb molta dedicació els arquitectes Isidre Puig Boada i Lluís Bonet i Garí, amb Francesc de P. Quintana.

A partir del 1941, alguns estudiants d'arquitectura hi acudiren per dibuixar els plànols dels elements més singulars. Calia prendre les mides de les peces per a anar-les situant en el seu lloc en les tres dimensions i així entrar en la geometria de les interseccions de les superfícies enguerxides. A la cripta de la façana del Naixement, allí on hi havien exposades les maquetes, va endegar-se el taller de modelistes, que dirigí Pere Sunyer. Tots els fragments, grans i petits, s'anaren classificant i, a poc a poc, els elements més ben conservats i dels quals es tenien fotografies o plànols publicats quedaren refets. Jordi

Restoration

At the suggestion of Bertran i Güell, just before the Civil War started, the Construction Committee had deposited in a London bank one million pesetas from the funds set aside for continuing the work and, particularly, for the construction of the sacristy, as had been agreed in 1936. This money was enough to restore practically all that remained of the crypt. It was therefore made possible to recommence religious services, leaving everything much as it had been and as it continues to be now. It is good to know that there were still craftspeople and the director of construction himself, one Brasó, who had worked with Gaudí, and that, although they were not made directly by Gaudí, there are timber assemblies such as doors and furniture, and liturgical decoration conserved which can be considered original elements.

Gaudí's studio and the continuation of the work

The exacting task of restoring Gaudí's models was an undertaking the architects Isidre Puig Boada, Lluís Bonet i Garí, with Francesc de P. Quintana, very soon took up and to which they devoted themselves wholeheartedly. From 1941 onwards, architecture students used to come to draw plans of particularly exceptional elements. It was necessary to take the measurements of the pieces in

Detall de la maqueta original, a escala 1:10, de les voltes de les naus laterals.

Detail of the 1:10 scaled original model for the vaults of the lateral nave.

Brunet continuà la tasca fins el 1960, any en què entrà Jordi Cusó. Aquests treballs foren en part sufragats per Felip Bertran i Güell, nét del primer comte de Güell, que amb el seu cosí, Eusebi Güell i Jover, continuaven la presència familiar a la Junta Constructora. Quintana, que havia intervingut directament en el dibuix de les columnes, i n'havia definit les mesures, i sobretot Isidre Puig Boada, que havia publicat el llibre sobre el temple l'any 1929 (15) i havia estudiat a fons l'arxiu amb els plànols i els models per a poder escriure ben documentat el seu text, foren decisius en aquesta tasca.

Existien sortosament molts motlles de voltes i columnes, gràcies a la repetició d'elements, de manera que ben aviat, entre els positius i negatius con-

order to find their position in three dimensions and in this way to ascertain the geometry of the intersections of the warped surfaces. In the crypt beneath the Nativity Façade, where the models had been exhibited, the modellers' workshop was set up under the direction of Pere Sunyer. All the fragments, large and small, were identified and classified little by little, and reconstructions were made of the best-conserved element and those of which photographs existed or plans had been published. Jordi Brunet continued the work until 1960, when Jordi Cusó took over. The work was partially sponsored by Felip Bertran i Güell, grandson of the first Count Güell who, with his cousin, Eusebi Güell i Jover, maintained the family presence on the Construction Committee. Quintana, who had been directly involved with drawing the columns, defining their measurements and, particularly, Isidre Puig Boada, who had published his book on the church in 1929 (15) and had made in-depth studies of the plans and models to ensure that his text was as well-documented as possible, were decisive in this work.

Fortunately, many moulds of the vaults and the columns existed due to the repetition of the elements. For this reason, it was soon possible, what with the surviving positive and negative casts,

El taller de Gaudí i la seva continuació

Finestral frontó i terminal de la façana lateral ja restaurat.

Window, pediment and finial for the lateral nave façade, now restored.

Fragments originals, a escala 1:10, de les voltes que encaixen amb els models geomètrics.

Original 1:10 scale fragments of the arches, which match the geometric models.

Gaudí's studio and the continuation of the work

as well as the symmetries, to make exact restorations of each model both at 1:10 and 1:25 scale.

Of the volumetric studies for the Glory Façade there remain all the significant elements, and it will be possible to arrange these in good faith in due course. Naturally, the original models for elements Gaudí never got round to considering do not exist, such as solutions for the cupolas crowning the apse and the crossing, although the principal lines are known from surviving drawings and, particularly, the process by which Gaudí intended to realise them, based on his experience of the construction of the sacristies. Quintana explained that he had drawn the principal cupola over the crossing from a prone position on the ground as the scale in which he was working obliged him to use wrapping

Taller actual dels modelistes, continuador del que Gaudí investigava. S'hi restauren maquetes originals, s'hi guarden els motlles i altres elements de valor i s'hi fan els models a mida natural.

The model-making workshop today, a continuation of that of Gaudí's time, where he undertook his investigations. This is where the original models are restored, moulds and other valuable items stored and full-size models made.

servats, a més de les simetries, fou possible la restauració exacta de cada model, tant a escala 1:10 com a 1:25.

De l'estudi de volums de la façana de la Glòria, en queden tots els elements significatius, i en el seu moment serà possible disposar-ne amb tota la fidelitat que demana. Naturalment, no hi ha les maquetes originals del que Gaudí mai no realitzà, com, per exemple, les solucions dels cimboris que coronen l'absis i el creuer, malgrat que se'n coneixen les línies principals per dibuixos conservats i, sobretot, el procés amb què Gaudí volia procedir a realitzar-los a partir de l'experiència que li donaria la construcció de les sagristies. Quintana explicava que dibuixava el cimbori principal del creuer ajagut a terra, perquè l'escala a què ho feia l'obligava a servir-se de paper d'embalar i els taulells de dibuix resultaven insuficients. Gaudí s'havia servit d'un model de càlcul d'estructura més senzill que el de la capella de la Colònia Güell.

Aquesta tasca no està pas acabada. Es va fent pausadament, a mesura que es necessita i també quan s'encerta a endevinar que un fragment desconegut és precisament el que manca en un conjunt.

Actualment, el magatzem on es guarden classificats centenars de fragments de les maquetes originals de Gaudí està preparat per anar ajudant degudament a la reconstrucció de tot el que convingui per aprofundir el seu estudi i també pel que caldrà construir en el futur.

paper and a drawing board would have been too small. Gaudí used a simpler model to calculate the structure for the Sagrada Família than for the Colònia Güell chapel, avoiding the complexity of the latter.

This task has still not been completed, however. It is being done gradually, as necessary and as it becomes possible to deduce that an unknown fragment is exactly the one missing in a particular assembly.

As matters stand, the room in which hundreds of classified fragments from Gaudí's original models are stored is organised in such a way as to aid the reconstruction of all that is necessary to deepen understanding of Gaudí's studies and for all that will need to be built in future.

A la recerca d'un nou ordre

"La natura és la meva mestra"

És ben conegut l'esperit d'observació d'Antoni Gaudí. Ell mateix explicava que era degut ja des de petit a una certa feblesa de la seva salut. La contemplació de la natura, a més de donar-li un pur plaer, va permetre de fonamentar unes idees que li feren veure ben clar com: "L'arquitectura *crea* l'organisme i per això aquest ha de tenir una llei en consonància amb les de la naturalesa."(16) Aquestes idees anaren madurant al llarg dels anys: "Tot surt del gran llibre de la naturalesa."(17) "Aquest arbre proper al meu obrador: aquest és el meu mestre."(18)

Ja hi ha, però, en el manuscrit de Reus, en fer l'estudi aprofundit del que havia de ser un temple, l'inici del que hi afegiria amb l'experiència del que anava fent a les seves obres, per poder-ho aportar després a la Sagrada Família.

Voltes de les naus laterals, que suporten les columnes i llur ramificació.

Lateral nave vaults which support the columns and their branching.

"L'estructura que tindrà la Sagrada Família, la vaig provar primer a la Colònia Güell. Sense aquest assaig previ no m'hauria atrevit a adoptar-la per al Temple."(19)

Research into a new order

"Nature is my master"

Gaudí's capacity for observation is well known. He himself explained that this was a consequence of his weakness of health since childhood. The contemplation of nature, besides giving him pure pleasure, also helped him form ideas enabling him to reach such insights as "architecture *creates* the organism and that is why the latter must have a law in consonance with those of nature." (16) These ideas matured over time: "Everything comes from nature's great book." (17) "This tree next to my studio: this is my master." (18)

The Reus Manuscript already contains, however, in its in-depth study of the church, the germ to which he would add all that he gained from his experience of other projects and which he would later carry over to the Sagrada Família.

"I was able to test the structure for the Sagrada Família first at the Colònia Güell. Without this preliminary test I would never have dared to adopt it for the church." (19)

A la recerca d'un nou ordre

No és estrany, doncs, que no volgués completar un projecte definit, malgrat la insistència per a obtenir-ho del bisbe Josep Morgades a principi de segle. Necessitava afermar les idees. La visió inicial de la verticalitat és ben clara ja en el dibuix del 1890, amb les tres façanes de quatre campanars i les agulles del creuer i l'absis. Així es refermà en els dibuixos del conjunt que es publicaren de mà del seu ajudant Joan Rubió a principi de segle, i en els quals ell mateix dibuixà i anà modificant alguns elements com les sagristies. El lent creixement de l'obra li permeté d'anar desenvolupant aquestes idees. Per això la visió del conjunt pràcticament restà invariable a partir d'aquest conegut dibuix, que fixà encara més amb la proposta que donà a Jaussely en 1906-1907 i que refermà el 1916 en donar resposta al consistori barceloní sobre el que ell creia que havia de ser l'ordenació urbanística. La seva visió li permeté definir clarament l'encaix que desitjava donar del temple amb l'entorn de la ciutat.

L'estructura arborescent i les formes reglades són el resultat del que la natura li mostrava. La discontinuïtat no existeix a la natura, però en canvi és ben usual en l'arquitectura. Es produeix entre el pla vertical de suport i l'horizontal suportat. Gaudí ho aconseguí amb l'ús d'aquestes superfícies.

> "La construcció té per objecte lliurar-nos del sol i de la pluja; és imitada de l'arbre, puix aquest és un arreplegador del sol i de la pluja. La imitació arriba fins als elements, puix les columnes foren de primer arbres, i després veiem els capitells ornar-se de fulles. Això és una justificació més de l'estructura de la Sagrada Família."(20)

Així, l'estructura, les columnes, les voltes, les estudià a fons i en són el resultat. No és estrany que afirmi:

> "Les meves idees estructurals i estètiques són d'una lògica 'indisputable'. M'ha fet pensar molt que no hagin estat aplicades abans

It is not surprising, therefore, that he did not wish to complete a definitive project, despite the pressure to do so from Bishop Josep Morgades at the beginning of the century. He needed to confirm his ideas. His initial vision of verticality can be clearly seen in a drawing from 1890 showing three fronts, each with four bell towers and the spires over the crossing and apse. This is reaffirmed in the drawings of the complex published by his assistant Joan Rubió at the beginning of the century, and in which Gaudí himself drew and made changes to some of the elements, such as the sacristies. The slow progress of the building work allowed him to develop these ideas. For this reason the overall view of the complex itself remained practically unchanged after this well-known visionary drawing was made. This was even more firmly fixed as a result of the proposal he made to Jaussely in 1906-1907 and which he reaffirmed in 1916 in his reply to Barcelona City Council regarding what the town planning arrangements should be allowing a clear definition of the setting he wished to give the church in the context of the city environment.

Research into a new order

The arboreal structure and the ruled surfaces are the result of the lessons from nature. Discontinuity does not exist in nature, but, in contrast, it does in architecture. It is produced by the

i que hagi d'ésser jo el primer a fer-ho. Això seria l'única cosa que, en tot cas, em faria dubtar. Això no obstant, crec que, convençut del perfeccionament que suposa, tinc el deure d'aplicar-les." (21)

Del neogòtic a una arquitectura nova

De fet Gaudí es veia obligat per l'encàrrec rebut i per pròpia voluntat a respectar l'obra que havia projectat l'arquitecte Villar, amb el neogòtic com a estil. Sortosament, però, l'anà transformant a poc a poc en la nova arquitectura personal, inspirada en la natura, on tot és diferent. És clar que l'important donatiu rebut cap al 1893 li permeté de projectar el que ell creia adient amb plena confiança de la Junta Constructora. Així, gradualment, tot anà transformant-se, des de la cripta fins als pinacles de l'absis, dels finestrals neogòtics i les tramades del claustre del portal del Naixement al conjunt de la façana.

En l'alçat de les façanes de la nau, hi ha ben resolt el traspàs de les formes neogòtiques de la cripta amb un arc apuntat entre els contraforts de cada tram de nau, que se subdivideix en elements més petits tancats amb ogives.

El finestral de la part baixa, sota cor, és tot ell d'envolupant neogòtic, però hi ha un despullament total de motlluratges, que se substitueixen per formes compostes d'hiperboloides de revolució allí on els arcs són circumferències, que s'entrellacen amb paraboloides i en formes estrellades. En resulta un calat escultòric. La llum llisca, tal com a Gaudí li agradava de dir.

Façana lateral. En la successió ascendent dels finestrals hom pot observar el pas del neogòtic a la nova arquitectura gaudiniana.

Lateral nave façade. As the façade rises one can see the transition from Gothic Revival to the new Gaudinian architecture.

supporting vertical elements meeting the supported horizontal elements. Gaudí achieved continuity by the use of these surfaces.

> "The purpose of construction is to free us from the sun and the rain; it is in imitation of the tree, and is therefore a collector of sun and of rain. The imitation extends to the level of the elements, for the columns were first trees: after which we see how the capitals become adorned with leaves. This is one more justification for the structure of the Sagrada Família." (20)

He therefore carried out in-depth study of the structure, the columns, the vaults, and they are the results of this study. It comes as no surprise that Gaudí should claim that:

> "My structural and aesthetic ideas have an "indisputable" logic. The fact that they have not been applied before and that I should be the first to do so gave me great pause for

A la recerca d'un nou ordre

No hi ha trencaments durs de llum i ombra, perquè harmoniosament ho permet el traspàs de la geometria de les formes enguerxides, sempre generades per rectes que es fonen en superfícies còncaves i convexes, delicadament proporcionades. A partir de 20 m, és a dir, per damunt del nivell alt de les cantories, el finestral ja deixa l'envolupant gotitzant. És una combinació orgànica d'hiperboloides circulars, amb un d'el·líptic, entrellaçant-se les generatrius rectes amb formes estrellades, i unes altres quatre de circumferència més petita. A la nau central, la successió d'obertures allargades augmenta l'entrada de llum. Només hi ha un gran hiperboloide el·líptic central i dos de més petits circulars a cada costat. Les agulles que coronen cada finestral s'estiren, queden més allargades i s'acaben amb unes grans cistelles formades a la nau lateral per paraboloides, on es recullen els fruits, i amb elements simbòlics, del pa i del vi, a l'agulla final dels finestrals superiors de la nau central.

Així, a poc a poc, a mesura que s'enlaira el temple, Gaudí traspassa del neogòtic inicial a les noves formes creades per ell, tal com passa amb les agulles i terminals dels campanars que, a més, acoloreix amb el mosaic venecià.

A la mateixa façana del Naixement, es produeix de baix a dalt tota aquesta gradual transformació. És clar que tota l'ornamentació escultòrica que la constitueix pot fer que se'n perdi la noció. A la part baixa i fins ben amunt, els finestrals són neogòtics. Però a partir d'allà on els campanars adquireixen cada un la seva individualitat i forma pròpia, la nova arquitectura gaudiniana pren forma i s'aixeca amb tota la força. L'envolupant parabòlica, les costelles estructurals, els "abatsons" —plans inclinats que espargiran el so de les campanes tubulars a l'entorn del temple— i no cal dir els terminals, ja tot és diferent. No hi ha res que pugui comparar-s'hi. Entre el 1923 i el 1924 enllestí la maqueta final dels campanars, i el 30 de novembre de 1925 pogué veure el primer, llest del tot, sense bastides. Gaudí només pogué veure personalment aquesta creació que somniava i que era expressió com-

thought. This is the only thing which might make me doubt. Notwithstanding this, I believe that, convinced of their perfection, it is my duty to apply them."(21)

From Gothic Revival to a new architecture

In fact, Gaudí was obliged, through the commission he had received and his own wish to respect the work planned by the architect Villar, to accept the Gothic Revival style as his own. Fortunately, however, he was able to transform it little by little into a new, personal architecture inspired by nature and in which everything is different. It is clear that the large donation made in around 1893 allowed him to draw up his plans in the way he considered most fit, with the complete confidence of the Construction Committee. Gradually, therefore, he changed everything, from the crypt to the pinnacles over the apse, from the Gothic Revival windows and the bays of the cloister of the Nativity portal to the whole façade.

Research into a new order

The transition from the Gothic Revival forms found in the crypt with a pointed arch between the buttresses between each bay in the nave, subdivided by smaller elements closed with ogives, is well resolved in the elevations of the nave façades.

A 100 m d'alçada, la nova arquitectura. Forma parabòlica de les costelles estructurals, geometria i color.

The new architecture at a height of 100 metres; parabolic forms of the structural ribs, geometry and colour.

pleta de la seva nova arquitectura. Un sol campanar enllestit. S'hi exposava a 100 m d'alçada la primícia de la seva recerca, tota la nova arquitectura, en forma i color, que havia creat, malgrat que només n'era una mostra. Si bé representava la coronació en vida de la seva obra, era en realitat l'inici de tot el que era fruit dels seus darrers anys de treball: l'últim Gaudí.

The window of the lower part of the side nave, beneath the choir, is in a wholly Gothic Revival style, but is completely denuded of the mouldings, replaced by compound forms of hyperboloids of revolution where the arches are circumferences. These interlace with hyperbolic paraboloids and star-like formations to form a sculpted lacework. The light glides past, as Gaudí liked to say. There are no significant obstacles to the passage of light and shade, because the geometry of the ruled surfaces, always generated by straight lines, forming both convex and concave surfaces of delicate proportions, allows light to pass through harmoniously. Over 20 m up, over the level of the choir galleries, the Gothic tendency of the window begins to give way to an organic combination of circular hyperboloids of revolution with an elliptical one, the straight line generatrices interlacing with star-like forms, and four other smaller ones. In the nave, the entry of light is augmented by a succession of larger openings. Just a great central elliptical hyperboloid of revolution flanked lower down by two smaller circular openings. The spires crowning each window are stretched, elongated to acquire greater length, culminating in great baskets formed in the side aisle by paraboloids and in which fruit is contained, and with symbolic elements, bread and wine, in the final spire over the higher windows of the central nave.

A la recerca d'un nou ordre

Les columnes

> "S'ha estat dos anys treballant intensament, perfidiosament i s'han despès 4.000 duros per arribar a una solució completa de les columnes."(22)

Descripció, treball i recerca

Molts anys d'esforç i de recerca dedicà Gaudí a l'estudi per aconseguir una columna nova. Encara més, un nou ordre que superés els ordres clàssics: dòric, jònic, corinti, compost i toscà, i totes les variants que al llarg dels segles anaren configurant l'arquitectura, en la necessitat d'obtenir uns elements sustentadors i sustentats de suport vertical, com pilars, peus drets i columnes, i uns d'horitzontals, les llindes o també els arcs i les voltes, que a la vegada són suport de les estructures que cobreixen uns espais i que aguanten unes cobertes.

Gaudí volia a la vegada aconseguir un element que, tal com observava a la natura, tingués l'aspecte i l'expressivitat, que exterioritzés tota la força del suport capaç de resistir grans pesos, però també el moviment de creixement helicoïdal dels arbres, senyal inequívoc de vida.

En el repertori dels estils històrics, la columna salomònica és un exponent d'aquest moviment ascendent de creixença, però Gaudí no podia considerar-lo prou reeixit. I no cal dir quantes columnes salomòniques són element de suport de conjunts plens de grandiositat i reeixits com a excel·lents composicions al llarg dels segles, des de les èpoques romàniques i gòtiques, fins al barroc exultant de Bernini. Tanmateix, en el seu aparent moviment ascendent, la columna denota una possibilitat, però també una fragilitat, la incapacitat de resistir grans pesos.

Gaudí anà esforçant-se en la recerca de quelcom que podria considerar-se impossible. En el Parc Güell hi ha diverses solucions amb columnes inclinades i salomòniques. També a la capella de la Colònia Güell, on

Research into a new order

Thus, little by little, as the Church rose, Gaudí transformed the initial Gothic Revival to the new forms he had created, as occurs with the spires and the terminals of the bell towers, to which he even gave colour in the form of Venetian mosaic. For the Nativity Façade he made this gradual transformation from the base to the top. But it is clear that all its sculptural ornamentation can reach a point at which this notion is lost. For the lower part, up to a significant level, the windows are Gothic Revival. But from here onwards the bell towers each acquire their own personality and form, the new Gaudinian architecture taking shape and rising up forcefully. The parabolic envelope, the structural ribs, the louvers –inclined planes that scatter sound from the tubular bells around the church grounds– and, it goes without saying, the finials, are all completely different. There is nothing it can be compared with. Between 1923 and 1924, he completed the final model for the bell towers, and on 30 November 1925, the first tower could be seen completed free from its scaffolding. This was the only part of the creation he had dreamed of that Gaudí lived to see as a complete expression of his new architecture. One single completed bell tower, rising up to a height of one hundred metres to declare the pioneering nature of his research, the entirely new architecture, in form and in colour, he

Parc Güell. Columnes helicoïdals el punt de partida d'una recerca infatigable.

Parc Güell: helicoidal columns, starting point of untiring research.

had created, was only a first sample. Though this was the crowning moment of his work during his own lifetime, it was in reality only the first fruit of his final years of toil: Gaudí's final work.

The columns

"Two years have been spent working tirelessly, meticulously and at a cost of four thousand [20.000 pesetas] to arrive at a complete solution for the columns." (22)

Description, work and research

Gaudí devoted many years of hard work and research to create a new column. More than this, he produced a new order which superseded the classical orders: Doric, Ionic, Corinthian, Composite and Tuscan, and all the variants that had given shape to architecture over the centuries. He did so in order to obtain sustained and sustaining vertical supports such as pillars, pilasters and columns, and horizontal supports such as lintels, arches and vaults which at the same time support the structures which cover spaces and hold up the roof.

A la recerca d'un nou ordre

experimentà les idees que tenia. Però a l'obrador del Temple de la Sagrada Família és on concretà amb esforç la solució. Primer, ho intentà a partir d'una secció quadrada de base arrodonida per paràboles, aixecant-se helicoïdalment, amb base i capitell que encetessin i acabessin l'element vertical de suport. Aquesta solució quedà, però, arraconada, mentre segurament anava madurant la nova creació que aconseguiria, gràcies al seu coneixement de la geometria i de la visió de l'espai i dels volums, ben poc corrents en la intel·ligència comuna de l'home.

La troballa s'esdevingué a la darreria de la seva vida, a setanta anys, quan havia acumulat l'experiència d'un home observador i treballador incansable com era. Gaudí anà investigant, ja no a partir d'un quadrat, sinó a partir d'uns polígons estrellats, l'hexàgon i l'octàgon, que arrodoní amb paràboles inscrites a les puntes o vèrtexs de cada punta de l'estrella. La columna salomònica que es podia obtenir a partir d'aquesta base amb un moviment dextrogir —voltant l'helicoide cap a la dreta— se li va acudir de compondre-la amb una altra columna salomònica que, des de la mateixa base o secció, girés cap a l'esquerra, és a dir, amb moviment levogir. El resultat sorprenent donava lloc a una nova figura geomètrica, intersecció de dues superfícies que en tallar-se deixaven aparèixer unes arestes que naixien just de l'eix d'entremig dels costats dels polígons estrellats. Així, d'una estrella de sis o vuit puntes, en sortia una nova forma estrellada de dotze o setze puntes. Si aquest moviment continuava, anaven sorgint noves arestes fins a convertir-se al final en una circumferència.

Tots aquests moviments s'ordenen en una progressiva multiplicació de les arestes, alhora que el gir s'efectua cada vegada en una altura decreixent. Així, a partir d'uns tambors d'un metre d'alçada i amb l'ajuda d'unes plantilles, Gaudí construí amb modelets de guix, a escala 1:10, les superfícies de traspàs que es produïen en anar girant, segons el nombre de costats del polígon. I sempre anar girant el mateix polígon.

Gaudí also sought to create an element which, as he observed in nature, had the look and expressiveness exteriorising all the force of the support, capable of sustaining great loads, but also reflecting the helicoidal movement of growing trees, an unequivocal sign of life.

In the repertory of historic styles, the Salomonic column is one exponent of this movement, rising as it grows, but Gaudí felt that it did not fully achieve the desired effect. And it is hardly necessary to point out how many Salomonic columns have been used to support constructions of grandeur, fully successful compositions, over the centuries, from the Romanesque and Gothic periods to Bernini's exultant Baroque. The Salomonic column, however, in its apparent upward movement, denotes a possibility, but also a certain fragility, the incapacity to sustain great loads.

Gaudí persisted in his search for something which could be considered impossible. The Parc Güell features various solutions with inclined and Salomonic columns, and he had also experimented with his ideas at the chapel in Colònia Güell. But it was at the Sagrada Família workshop that his efforts finally came up with the ultimate solution. Firstly, he tried to commence from a square section with a base rounded by parabolas, rising helicoidally with base and capital commencing and finishing

Research into a new order

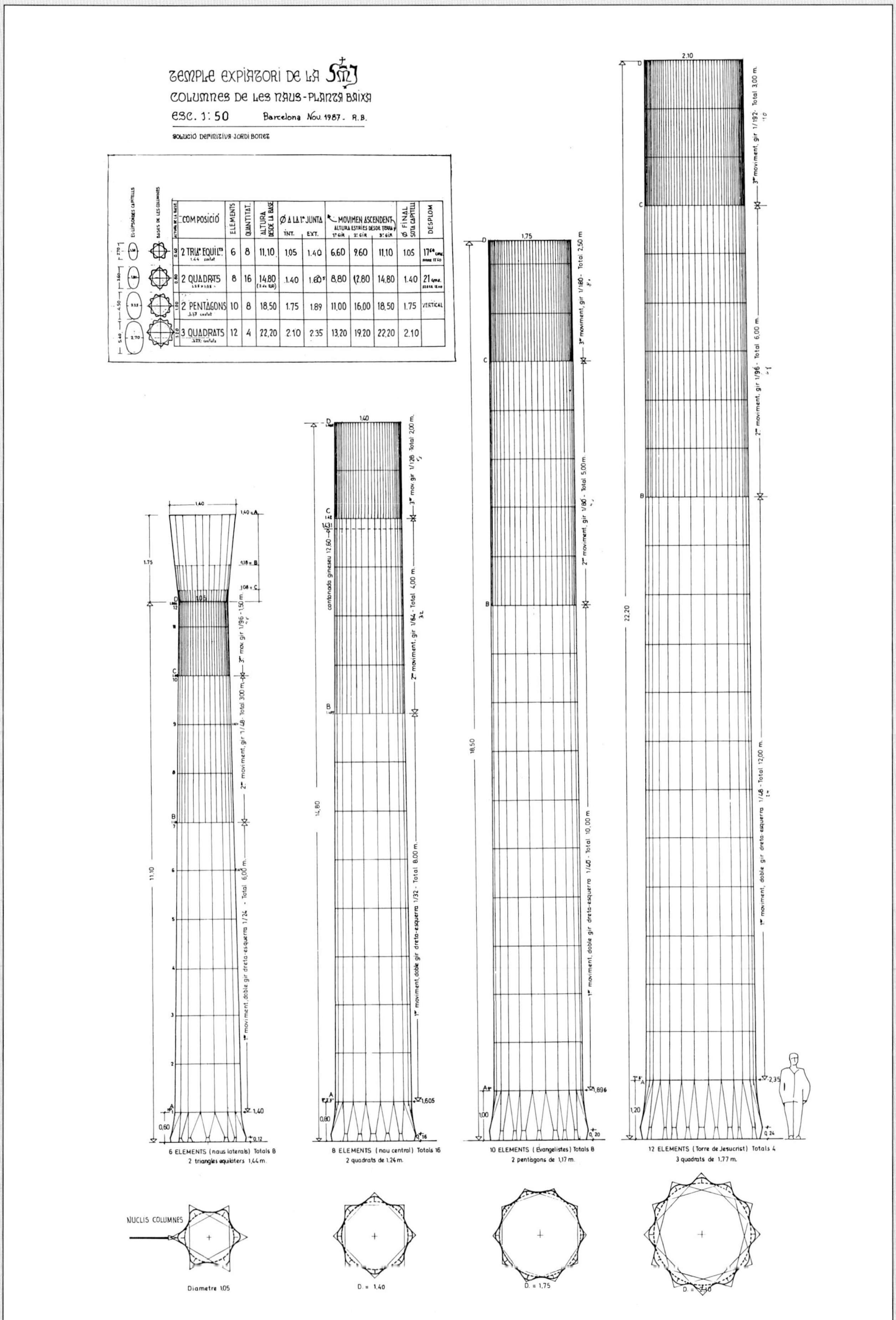

La columna de Gaudí és el resultat sorprenent d'una investigació geomètrica. Dibuix de plantes i alçats.

Gaudí's column; the surprising outcome of geometrical investigation. Drawing of plans and elevations.

A la recerca d'un nou ordre

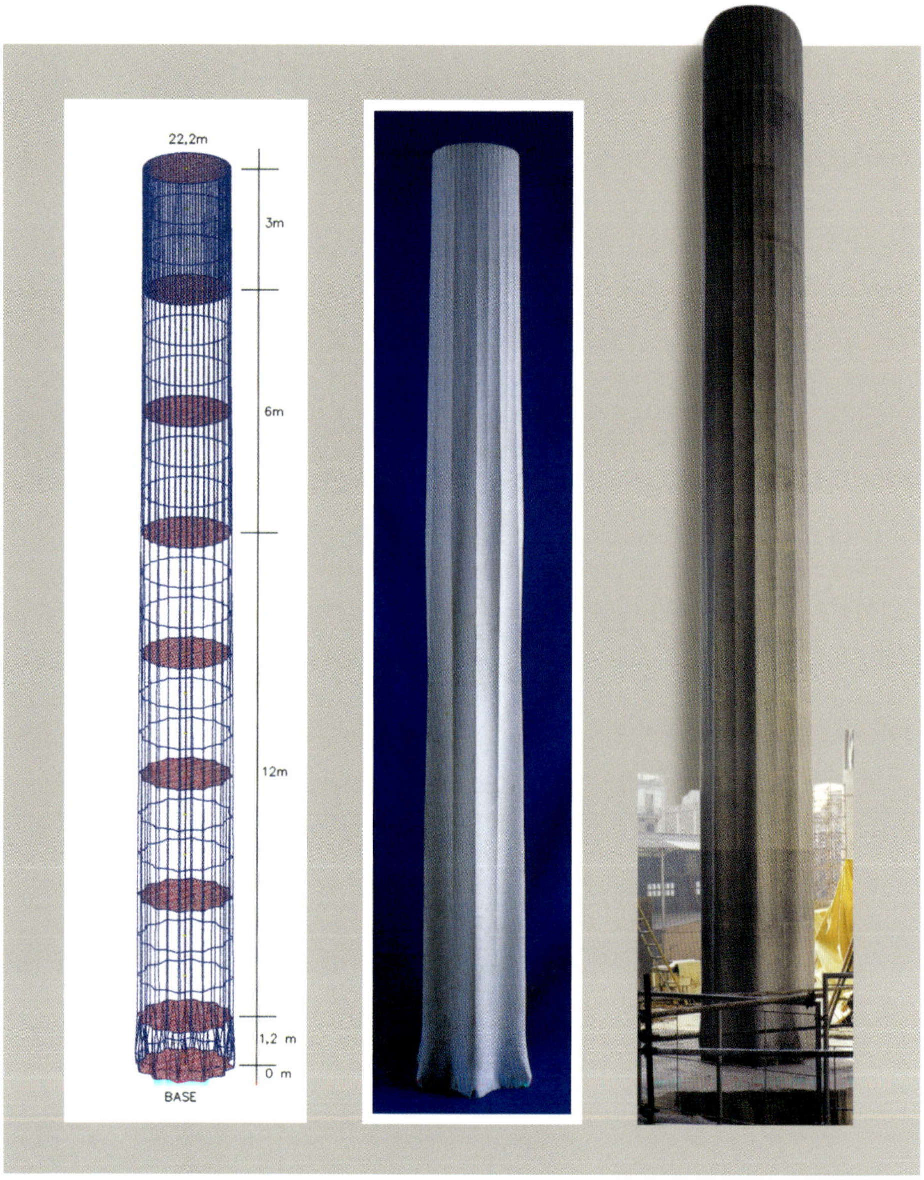

Dibuix de la columna del creuer de base dodecagonal, model de base hexagonal i columna octogonal realitzada.

Drawing of the twelve-sided column supporting the crossing, plaster model of hexagonal base and octagonal column realised.

the vertical element of support. This solution was placed to one side, however, whilst he doubtlessly continued maturing this new creation through his knowledge of geometry and vision of space and volume, rarely found together in human intelligence.

He made this discovery when he was seventy years old, towards the end of his life, when he had accumulated the experience of a keen observer and tireless worker. Gaudí continued to investigate, though not from a square but from star-shaped polygons, the hexagon and the octagon, which he rounded with concave and convex parabolas at the points or vertices of each inner and outer point of the star. The Salomonic column which could be obtained from this base with a unidirectional twist –twisting the helicoid to the right– gave him the idea of composing it with a second Salomonic column with the same base or section, twisting to the left. The surprising outcome resulted in a new geometrical figure, the intersection of two surfaces which, when cut, bring into being edges born just at the axis of the mid points of the sides of the star-shaped polygons. Thus, from a star of six or eight points emerges a new star-shaped form with twelve or sixteen points. If this movement was continued, new edges emerged, finally forming a circumference.

Research into a new order

En el polígon estrellat de 6 o 8 puntes es produeix un gir de 30° o de 22,5°, a la vegada que s'aixeca helicoïdalment en una alçada en metres igual al nombre de costats del polígon. Es passa així de 6 a 12 i de 8 a 16 arestes. Si es repeteix un segon gir de la meitat de graus i de la meitat de l'altura en metres dels costats del polígon, és a dir, de 3 i 4 metres, es passa a 24 i 32 arestes. En repetir-se un nou gir en metres de la quarta part del nombre dels costats del polígon, és a dir, a 1,5 i 2 m, el nombre d'arestes passa a 48 i 64. Si el procés es va repetint, el nombre d'arestes esdevé infinit, tot donant una secció circular quan l'alçada arriba al doble en metres del nombre de costats del polígon. Així, amb 12 i 16 m d'altura, es passa del polígon al cilindre i el gir total en graus és de 60° i 45°, és a dir, l'angle que abraça cada costat del polígon estrellat. A l'hexàgon, 60° és la sisena part dels 360° de la circumferència, i a l'octàgon, 45° n'és la vuitena part.

Gaudí comentava el resultat de la nova columna amb aquests mots:

> "Les estrelles segueixen l'òrbita que és la trajectòria del seu equilibri; a més, giravolten, de manera que el seu moviment és helicoïdal. Les columnes de la Sagrada Família segueixen un eix de forces que és la trajectòria de la seva estabilitat, que és el seu equilibri; la seva generació és una secció estrellada que gira en pujar; el seu moviment és, per tant, també helicoïdal (això mateix passa als troncs dels arbres). Les estrelles van i tornen, puix les òrbites són línies tancades; la columna va i torna perquè té moviment helicoïdal doble, el gir en els dos sentits."(23)

De l'estudi a fons de les columnes se'n dedueix que aquests girs es produeixen d'acord amb unes sèries.

All these movements are ordered into a progressive multiplication of edges while at the same time the twists occur at an ever lower height. Setting the component cylinders at a height of one metre and with the use of templates, Gaudí made plaster models at a scale of 1:10, the swept surfaces of which are produced through a movement that twists determined by the number of sides to the component polygons. And for each column it is always the same polygon.

For the starred polygon of six or eight points, the outcome is a twist of thirty and twenty-two and a half degrees respectively, rising helicoidally to a height in metres equal to the number of sides of the polygon. In this way, it goes from six to twelve and from eight to 16 sides. If a second twist is effected from the top of the first series using half the degree of rotation and to half the height, that is to say, from three and four metres, the result is 24 and 32 edges. To move on upwards by a quarter the number of sides to the polygon in metres, that is to say, by one and a half metres and two metres, the number of resulting edges rises to 48 and 64 respectively. If the process is continued still further the number of edges becomes infinite, giving a circular section at a point where the column reaches a height in metres double the number of sides in the polygon. Thus, for twelve and sixteen metre heights, the polygon

La sèrie en alçades és:
h = n + n/2 + n/4 + n/8 + n/16+ n/32 +... = 2n,
on h = alçada i n = núm. de costats.

En el cas de l'octàgon:
h = 8 + 4 + 2 + 1 + 0,5 + 0,25 + 0,125+ ... = 16 m.

En el mateix sentit, els girs es produeixen a:
22°30´+ 11°15´+ 5°37,5´ + 2°49,5´+ 1°24´+... = 45° = 360°/8.

Una vegada Gaudí hagué ideat aquesta forma geomètrica vertical, igual que l'entusiasmà primer el coneixement i les possibilitats del paraboloide hiperbòlic, i més tard la descoberta de les enormes propietats plàstiques dels hiperboloides, la combinació d'aquestes superfícies helicoïdals va portar-lo a estudiar-les i a servir-se'n, es diria gairebé a jugar-hi, amb tota la riquesa que els donava la llum en incidir-hi.

Així, reconsiderà les formes de tots els elements estructurals de divisió d'esforços amb què havia aconseguit donar equilibri a les naus del temple, per anar combinant tota mena de polígons en la diversitat de columnes, adaptant-los a la modulació simple amb què havia compost, tant la planta a nivell 0,00 del temple com les seccions longitudinals i transversals, i a les alçades de 15, 30, 45 i 60 m de cada nivell, de graderies, triforis i voltes de les naus i del creuer.

La imatge del bosc amb els troncs dels arbres, les branques i el fullatge, per entre el qual entra la llum, amb què Gaudí explicava el que serien les naus del temple, va anar-se configurant amb la combinació ordenada i modular d'un joc de columnes i columnetes en ascensió, que absorbien finalment uns hiperboloides, per iniciar-ne les voltes a partir de la circumferència que és el collarí que recull el final de l'element de suport. Aconseguia així la continuïtat que li mostrava la natura.

Vista de les columnes i les voltes de les naus laterals, i al fons una de les cantories.

View of lateral nave vaults and columns, with the choir at the back.

becomes a cylinder and the total twist of sixty and forty-five degrees respectively, that is, the angle embraced by each side of the starred polygon. For the hexagon, sixty degrees is one sixth of the three hundred and sixty degrees of the circumference and for the octagon, forty-five degrees is an eighth part.

Gaudí commented on the emergence of the new column with these words:

> "The stars follow the orbit which is the trajectory of their equilibrium; and what is more, they revolve, which is to say that their movement is helicoidal. The columns of the Sagrada Família follow an axis of forces which is the trajectory of their stability, which is their equilibrium; their generation is from a star-shaped section which turns as it rises; its own movement is, as such, also helicoidal (this also occurs in the case of tree trunks). The stars move and turn, as their orbits are closed lines; the column moves and turns because it has the movement of a double helicoid, the turn taking place in both senses". (23)

From in-depth study of the columns, it can be deduced that these twists conform to series:
The series to the elevations is as follows:

A la recerca d'un nou ordre

Sèrie de les columnes.

Series of columns.

Sèrie	12	10	9	8	7	6	5	4	3	2	1
Intereix	90	75	67,5	60	52,5	45	37,5	30	22,5	15	7,5
Fraccions	1	5/6	3,4	2/3	7/12	1/2	5/12	1/3	1/4	1/6	1/12
∅	210	175	157,5	140	122,5	105	87,5	70	52,5	35	17,5

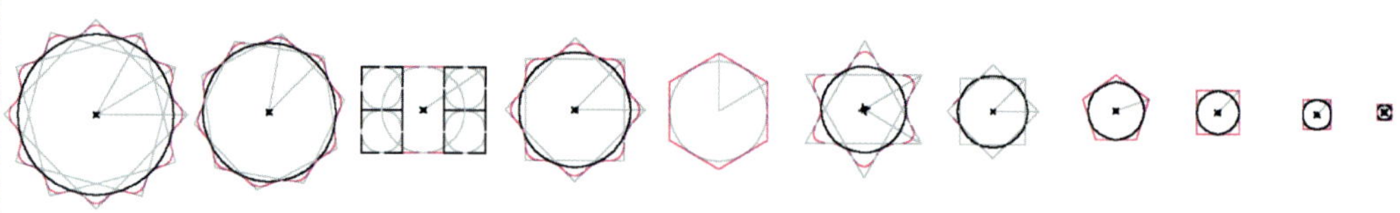

Nomenclatura	Columna 12	Columna 10	Cantoria	Columna 8	Evangelista	Columna 6	Nau Central	Nau Lateral		Claustre	
	210 -35=	175 -35=		140 -35=		105 -35=		70 -35=		35	
	6/6	5/6		4/6		3/6		2,6		1,6	
	3	2		2	1	2	2	1	1	1	
Hiperboloides ∅	180	150	135	120	105	90	75	60	45	30	15
El·lipsoide del nus 8	360	300	270	240	210	180	150	120	90	60	30
El·lipsoide del nus 10	450	375	337,5	300	262,5	225	187,5	150	112,5	75	37,5
El·lipsoide del nus 12	540	450	405	360	315	270	225	180	135	90	45

H = n + n/2 + n/4 + n/8 + n/16+ n/32 +… = 2n, in which H = high and n = number of sides.
In the case of the octagon: H = 8 + 4 + 2 + 1 + 0.5 + 0.25 + 0.125 ... = 16 m.
In the same sense, the twists produced are:
22°30′+ 11°15′+ 5°37.5′ + 2°49,5′+ 1°24′… = 45° = 360°/8.

Research into a new order

Once Gaudí had the idea for this vertical geometrical form, just as he had been enthused earlier by the knowledge and the possibilities of the hyperbolic paraboloid and, later, by the discovery of the enormous plastic properties of hyperboloids of revolution, the combination of these helicoidal surfaces led him to continue studying them and to use them, one might almost say almost to play with them, with all the richness that they give to the light that touches them. Thus he reconsidered the forms for all the structural elements for the division of forces with which he had given the church nave and aisles their equilibrium, combining all kinds of polygons with the diversity of columns, adapting them to the simple modulation from which they had been composed, as much at the base level of the church as in the longitudinal and transversal cross sections, and at heights of 15, 30, 45 and 60 metres, at each level, of the galleries, triforiums and ceiling vaults in the nave, aisles and crossing.

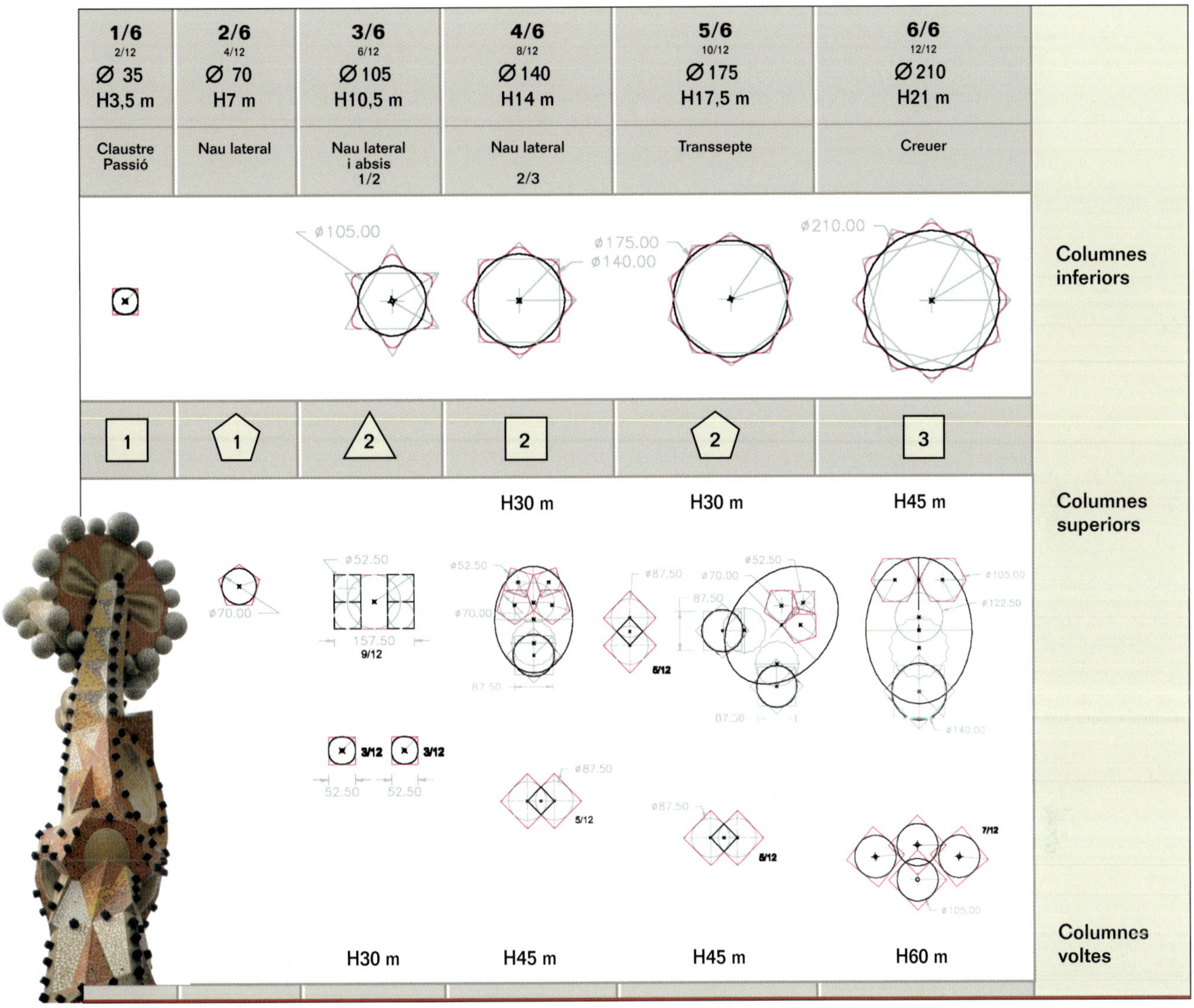

The image of the forest with its tree trunks, branches and foliage through which the light enters which Gaudí used to describe his idea of the nave and aisles gradually took shape through a modulated and ordered combination of major and minor columns. These ascended to be absorbed finally by hyperboloids of revolution. The roof vaults spring from the circumference which is the collar gathering the termination of the support element. In this way, Gaudí achieved the continuity he saw in nature.

Research

Despite Quintana's oral transmission, the restoration of the models, and the construction in 1956 of the first column, which represented Barcelona and was made manually and with great difficulty, as it was necessary to cut them from stone and afterwards raise and build many columns, it was necessary to carry out in-depth study into how to make the drums from which the column is formed. The original models show a height of one metre. There exist important fragments of the six and eight-sided columns and above all an entire mould of the largest, at a scale of 1:10. After studying the exact elevations where the edges begin to appear, they were drawn to determine the exact geometrical genera-

A la recerca d'un nou ordre

Investigació

Malgrat la transmissió oral de Quintana, la restauració de les maquetes i la construcció l'any 1956 de la primera columna, corresponent a Barcelona, que es féu manualment amb dificultat, ja que fou necessari executar amb pedra i després aixecar i construir moltes columnes, calia estudiar a fons com realitzar els tambors que les formaven. En els models originals tenien una alçada d'un metre. Existeixen fragments importants de les de sis i vuit costats i sobretot el motlle sencer de les més grans, a escala 1:10. Després d'estudiar les alçades exactes on es produïen els inicis de les estries, va dibuixar-se'n la generació geomètrica i se n'executà un model per comprovar-lo amb el procedent del motlle original. No era possible distingir-ne un de l'altre. En fer el mateix en les altres columnes diferents, s'arribà a la conclusió que era la mateixa generació geomètrica que es repetia, com també l'esveltesa, que és d'1:10.

Motlle original, conservat intacte, que permet obtenir la columna en positiu.

Original mould which have survived intact, allowing the reproduction of columns.

A les columnes de sis costats de suport de les cantories que Gaudí projectà amb pedra de Montjuïc, no hi havia, però, el model definit del nus o capitell, malgrat que va estar dibuixat a les seccions originals. S'optà per col·locar en el seu espai la mateixa forma invertida, amb els girs menys distanciats, és a dir, com si s'hagués comprimit. Una solució coherent amb la sistemàtica del mestre. Cal preguntar-se, a la vista d'aquestes columnes, si hauria estat possible d'endevinar-ne la generació geomètrica ideada per Gaudí sense la transmissió directa que Puig Boada i Quintana aportaren amb la publicació feta el 1929 pel primer i les explicacions i dades numèriques dels diàmetres inscrits que deixà escrits el segon. Cal una capacitat de coneixements de la geometria i de visió de l'espai que difícilment pot deduir-se malgrat l'estudi i l'anàlisi a fons d'aquesta creació gaudiniana.

tion before proceeding. A new model was made and compared with the one from the original mould. It was not possible to distinguish one from the other. In order to do the same for the other different columns, the conclusion was reached that they were the consequence of the same geometrical generation, which was repeated, along with the slenderness ratio, determined as being 1:10.

Gaudí planned the six sided columns which support the choir galleries to be made from Montjuïc sandstone, but the definitive model for the knot or capital did not exist, though the original sections had been drawn. In their place it was decided to reproduce the same form for the capital, albeit inverted, and generated through twists that were less separated in height, as if they had been compressed. This is a solution in accordance with Gaudí's own system. On seeing these columns, one is impelled to ask oneself how it would have been possible to divine the geometrical generation as conceived of by Gaudí without the direct transmission made by Puig Boada and Quintana in the former's 1929 publication and the latter's written explanations and numerical data for the diameters. This would have required a knowledge of geometry and a vision of space which could only be deduced with difficulty, no matter how much in-depth study and analysis this Gaudinian creation was subjected to.

Research into a new order

En l'ordre de la nau principal i creuer, hi participen els polígons següents:

Naus laterals	Nau principal	Transsepte	Creuer
hexàgon	octàgon	decàgon	dodecàgon
dos triangles	dos quadrats	dos pentàgons	tres quadrats

Els diàmetres interiors de les columnes inferiors (troncs) constitueixen una sèrie de base 35:

105 +35 =	140 +35 =	175 +35 =	210
Columna 6	Columna 8	Columna 10	Columna 12

Les alçades fins a l'inici de nusos o capitells i fins a l'articulació de les que s'enlairen com a branques, és a dir, on la secció esdevé una circumferència, són:

1/2	2/3	3/4	4/4
10,5 m	14 m	17,5 m	21 m
12 m	16 m	20 m	24 m

L'esveltesa de les columnes fins als nusos és d'1:10 i les bases tenen en decímetres l'alçada del nombre de costats del polígon, és a dir:

6 costats 60 cm	=	6 dm
8 costats 80 cm	=	8 dm
10 costats 100 cm	=	10 dm
12 costats 120 cm	=	12 dm

Aquesta forma de generació se segueix en els diferents nivells.

From the central nave to the crossing, the following polygons appear:

Aisles	Nave	Transept	Crossing
Hexagon	– octagon	– decagon	– dodecagon
Two triangles	– two squares	– two pentagons	– three squares

The interior diameters of the lower columns (trunks) comprise a series based on the number 35:

105 +35	= 140 +35	= 175 +35	= 210
Column 6	Column 8	Column 10	Column 12

The elevations up to the beginning of the knots or capitals and to the articulation where they rise as branches, that is to say, where the section becomes a circumference, are:

1/2	2/3	3/4	4/4
10.5 m	14 m	17.5 m	21 m
12 m	16 m	20 m	24 m

A la recerca d'un nou ordre

La natura i l'arquitectura.

Nature and architecture.

El sistema arborescent

Tal com s'ha comentat, el sistema arborescent permeté que Gaudí se servís de la mateixa generació de les columnes —per al que podríem dir-ne "brancatge"— dels diversos elements de suport que s'enlairen fins a les voltes. Es fa ús de diversitat de polígons i també de macles entre ells, si bé es prescindeix si cal de la totalitat dels girs per tal que puguin adaptar-se aquestes columnes a les diverses alçades. Podem distingir les columnes de suport de les naus laterals, de les de la nau central, transsepte i creuer, i la diversitat i el lligam entre elles en els diferents nivells per damunt de les columnes inferiors. Gaudí, quan li convé, inverteix el sentit de la columna, així el cercle no sempre és a la part superior, per donar sortida a les columnes que es multipliquen en aixecar-se com el brancam d'un arbre.

The slenderness ratio of the columns up to the knots is 1:10, and the bases are as high in units of ten centimetres as the number of sides for each polygon, that is:

6 sides 60 cm	= 6 dm	10 sides 80 cm	= 8 dm
8 sides 80 cm	= 8 dm	12 sides 120 cm	= 12 dm

This form of generation follows on at the different levels.

The arboreal system

As has been noted, the arboreal system allowed Gaudí to use the same system to generate the columns –what can be called the branches– of the diverse support elements that rise up to the ceiling vaults. Use was made of various polygons as well as macles between them, though if necessary the entire number of twists could be omitted in order to adapt these columns to the different elevations. We can distinguish the support columns of the aisles from those of the central nave, transept and crossing, and the diversity and union between them at the different levels above the lower columns. When it

Research into a new order

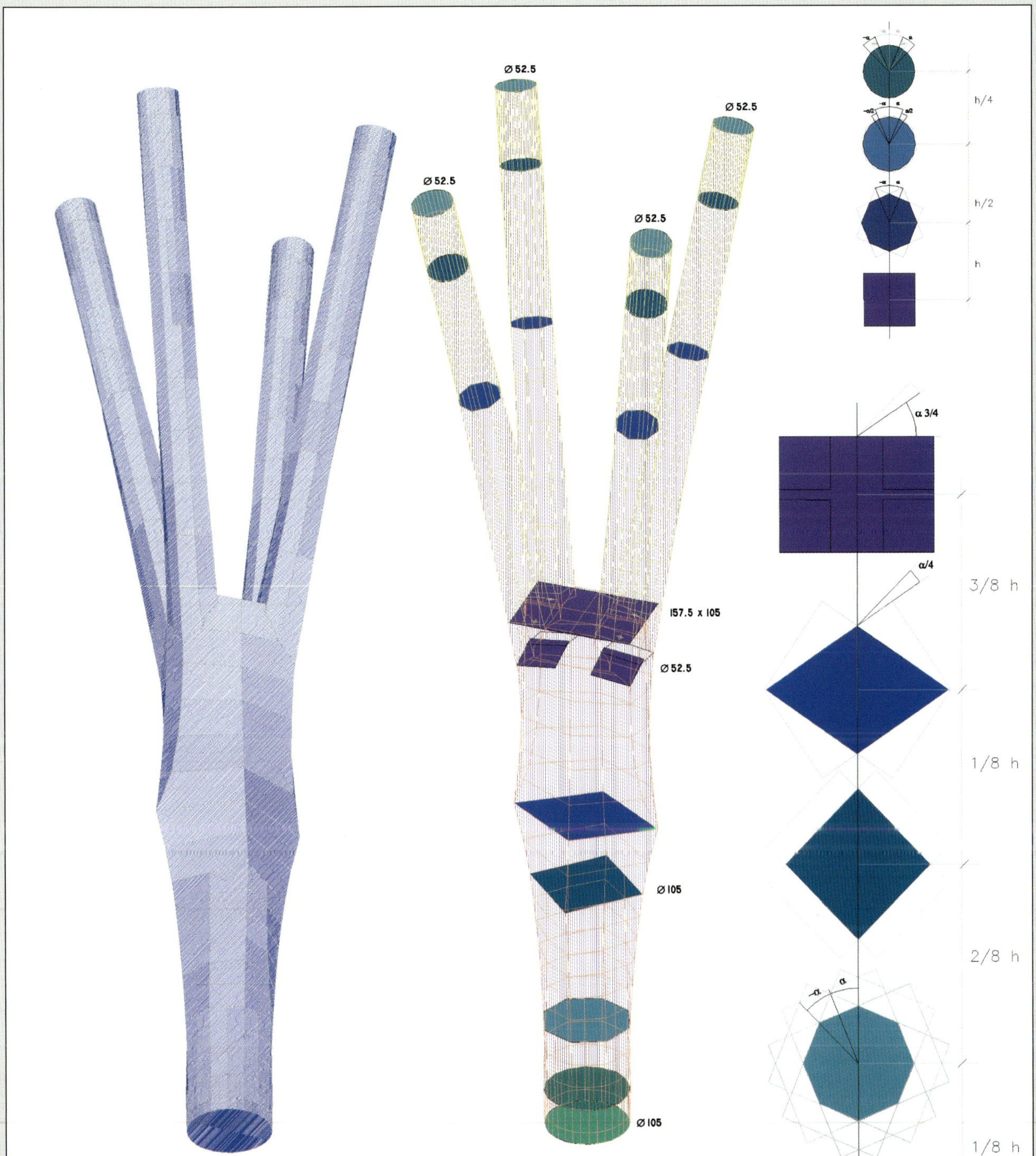

Columna de damunt la cantoria en què es veu la ramificació d'una a quatre.
El diàmetre de les 4 columnes superiors és de 52,5 cm, la meitat de la inferior que les genera.

Column over the choir showing the ramification from one to four columns.
The upper columns are 52.5 cm in diameter, half that of the lower one which generates them.

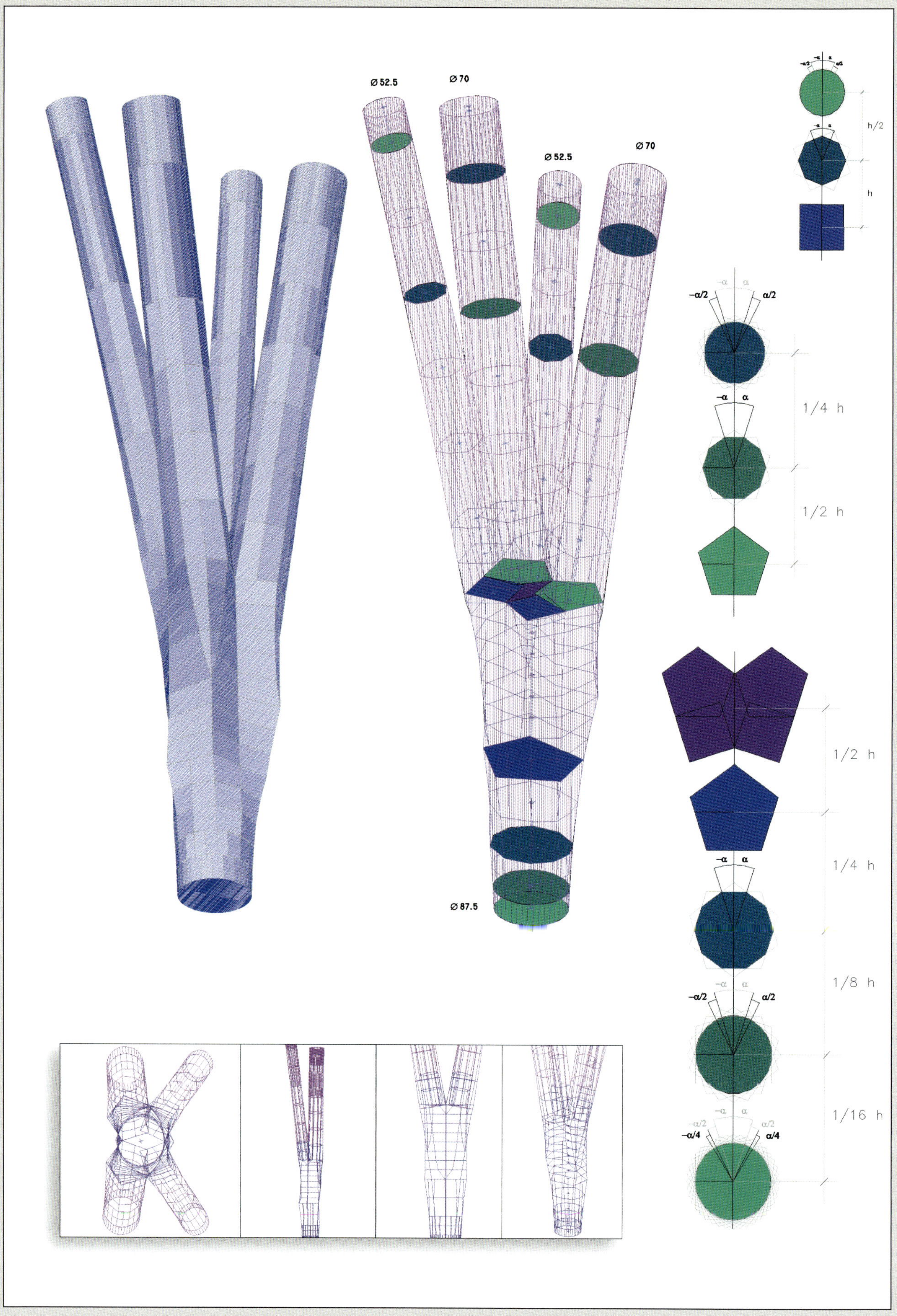

La mateixa llei de generació helocoïdal permet passar de la macla d'un pentàgon i un quadrat de 52,5 cm de costat a la circumferència inferior.

The same law of helicoidal generation allows progression from the macle of a pentagon and a square whose sides measure 52.5 cm to the lower circumference.

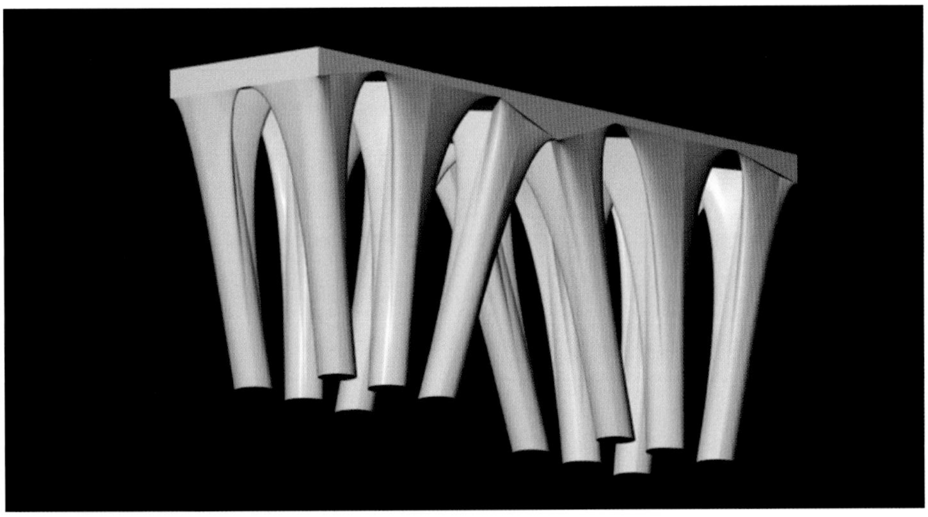

Columnes de suport dels finestrals de la nau central generades per paraboloides.

Columns supporting the nave window, generated by paraboloids.

Naus laterals i cantoria

Entre 15 m i 30 m el suport el constitueix una columna invertida, és a dir que a la part inferior i en el gruix del pis del cor s'hi insereix la secció circular que procedeix d'un rectangle de 157,5 × 105 cm. Per tant, coincideix amb el diàmetre inscrit de la columna de 6 costats de suport de la cantoria. Els girs la converteixen en un quadrat en el primer, per després passar a ser octàgons, a setze costats, etc., fins a la secció circular.

De la part superior del rectangle esmentat en surten quatre columnes iguals, de base quadrada de 52,5 cm de costat, la meitat de 105 cm, que s'entregaran després d'uns girs consecutius en el collarí de l'hiperboloide que inicia les voltes. L'alçada d'aquestes columnes és de gairebé 8 m malgrat que s'insereix la seva part inferior en la part superior del rectangle base de la que serveix de suport. Així s'acompleix la forma de generació que lliga els costats del polígon (n) que genera la columna —en aquest cas 4— amb la seva alçada en m (2n).

4 + 1/2	4 +1/4	4+1/8	4+1/16	4+...	= 8
2	1	0,5	0,25		= 8
n + n/2	+ n/4	+ n/8	+ n/16	+...	= 2 n

suited his purpose, Gaudí inverted the sense of the column, so that the circular section is not always at the upper end. This made possible columns that multiply as they rise up, like the branches of a tree.

Aisles and choir

Between 15 and 30 metres in height, the support consists of an inverted column, that is to say, that at the lower part and within the thickness of the choir a circular section is inserted which proceeds from a rectangle measuring 157.5 ×105 cm. This coincides with the inscribed diameter of the six sided column supporting the choir. The twists convert it into a square at the first level, then to octagons, sixteen sides, etc, until the circular section.

Four equal columns with square bases with sides measuring 52.5 cm, that is, half of 105 cm, emerge from the upper part of the rectangle referred to previously. These, after appropriate transformation through twisting, connect with the collar of the hyperboloids of revolution that are the beginnings of the ceiling vaults. These columns are approximately 8 m high, although part of the lower end is grafted into the rectangular column. In this way a form of generation is accomplished

A la recerca d'un nou ordre

Vista de les columnes arborescents realitzades.

View of the tree-like columns, now built.

Naus laterals i central

De la part superior dels nusos o capitells de les columnes de la nau central, entre 15 m i 30 m d'alçada, en sorgeix una columna més important, que s'aixeca inclinada per donar suport a les voltes que la tanquen a 45 m d'alçada, i dues de formes singularitzades que donen pas a quatre suports —dos a dos— dels quals els de diàmetre més petit s'aparellen amb els que provenen de davant la cantoria i uns altres dos de més secció que donen suport a les voltes que es tanquen a 30 m d'altura.

Aquestes formes singulars calia estudiar-les per conèixer la seva generació, ja que malgrat la fidelitat amb què s'hauria pogut passar del model a escala 1:10 a mida natural, no semblava raonable que Gaudí no hagués resolt geomètricament el problema. Els suports més robustos semblava que pro-

which ties together the number of sides to each polygon (n) that generates the column –in this case 4– with the length in m (2n).

4+1/2	4 +1/4	4 + 1/8	4 + 1/16	4	= 8
2	1	0.5	0.25		= 8
n + n/2	+ n/4	+ n/8	+ n/16	+.....	= 2 n.

Side aisles and central nave

From the upper part of the knots or capitals for the central nave, between 15 and 30 m in high, a more important column emerges that rises, inclined to provide support to the vaults that close the space at 45 m. There are two other singular forms, which articulate as four supports, two by two. Of these, those of smaller diameter pair up with those that stem from in front of the choir and the other two, of greater sectional diameter, provide support for the vaults that close at a height of 30 m.

Research into a new order

These singular forms needed to be studied in order to understand their generation as, despite the faith with which they could have been passed from the 1:10 scale model to full-size, it did not seem

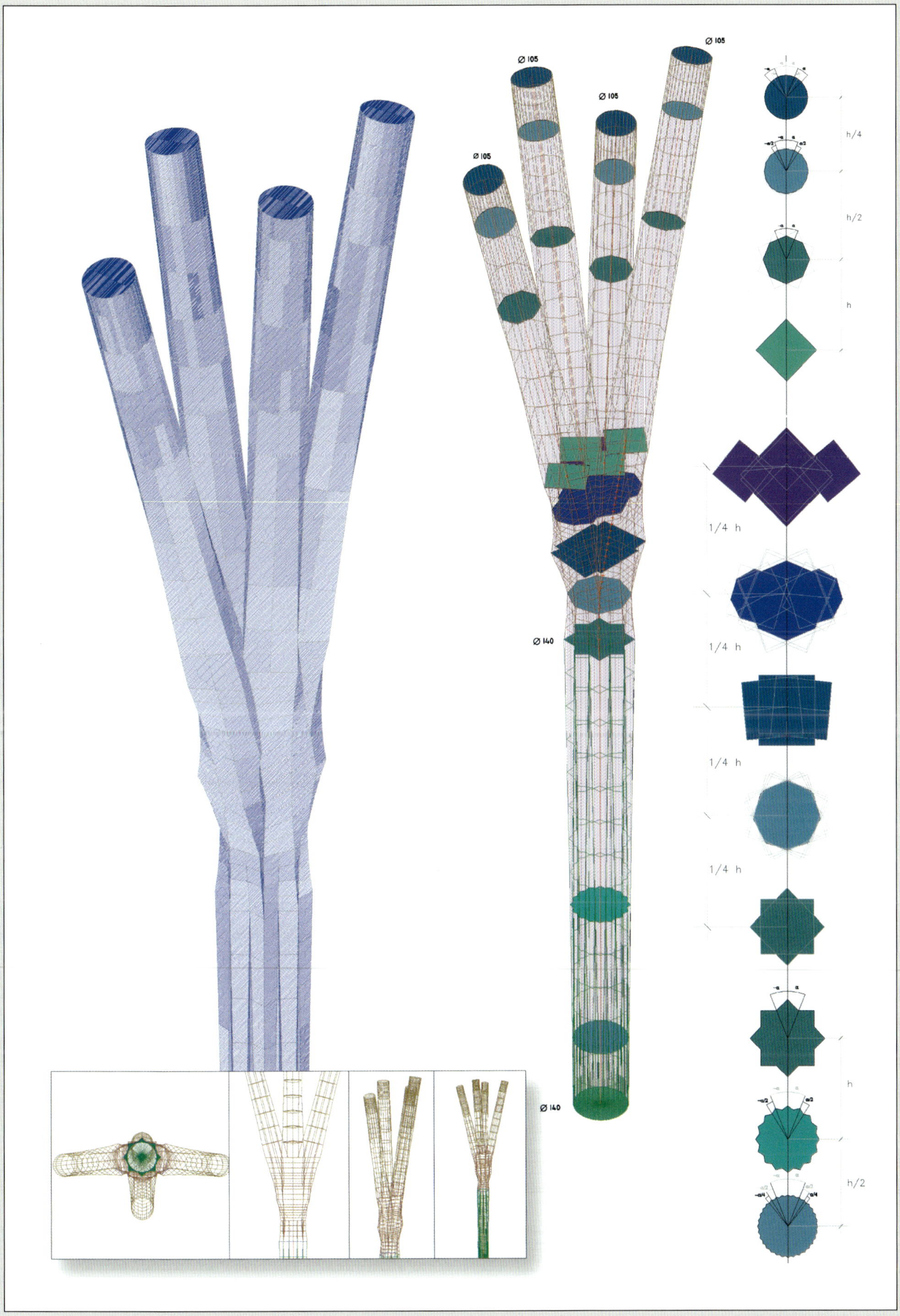

En aplicar la mateixa llei en el creuer es passa de la circumferència inferior de 140 cm de diàmetre, que prové de dos quadrats que formen un octàgon estrellat, a quatre columnes de 105 cm de diàmetre. Aquestes columnes, que fan de suport de les voltes, es ramifiquen per mitjà d'un quadrat.

Through the application of the same law in the crossing, the lower circumference of 140 cm diameter, generated by two squares forming a star-shaped octagon, becomes four columns with a diameter of 105 cm supporting the vaults, ramified each one from a square.

A la recerca d'un nou ordre

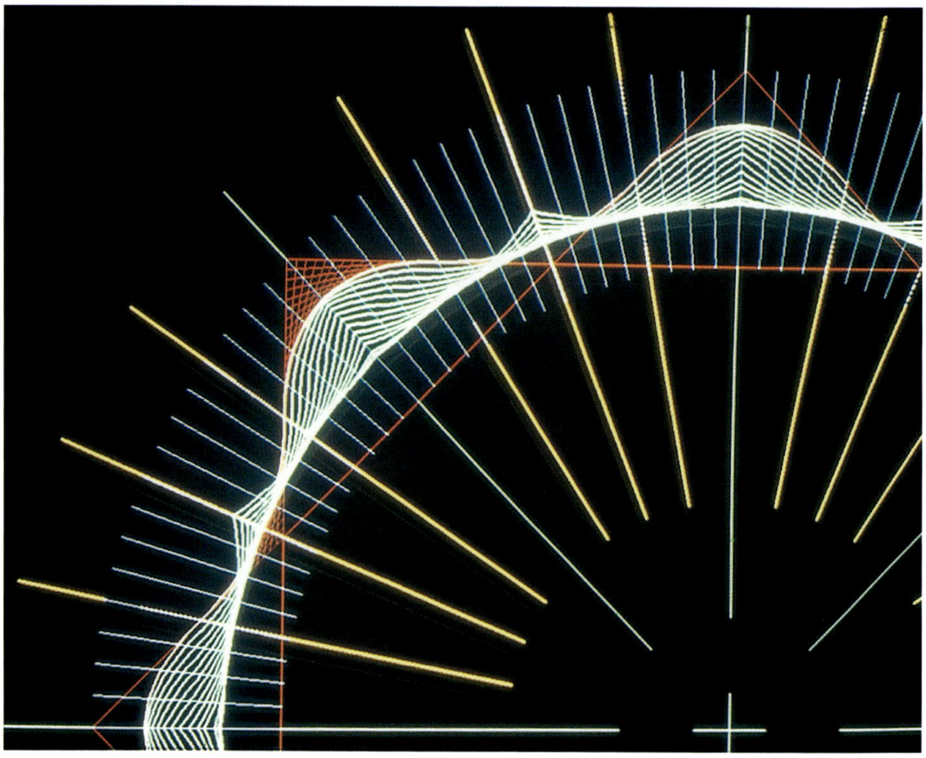

Secció de la columna octagonal. Es basa en un octàgon estrellat envoltat per paràboles a la circumferència.

Section through the octagonal column. It is based on an eight-sided star whose circumference is rounded using parabolas.

cedien d'un pentàgon i els més reduïts d'un quadrat. La possibilitat d'una macla de les dues formes helicoïdals calia, doncs, estudiar-la, perquè no era pas una solució descartable, ja que les macles de figures geomètriques són ben presents en els terminals dels campanars. Així es partí de fer coincidir en una mateixa línia els costats de 52,5 cm d'un quadrat i un pentàgon maclats, i fer els girs que correspondrien.

En fer el model a escala 1:10 a partir de les plantilles corresponents i la petita maquineta que el modelista J. Brunet havia ideat per simplificar el treball, es pogué comprovar que la figura coincidia amb el model original.

reasonable to consider that Gaudí would not have resorted to a geometrical solution. The most robust supports seem to have come from a pentagon, the two smaller ones from squares. The possibility of a macle of the two helicoidal forms needed to be considered. This was a solution that could not be discounted in the light of the presence of macles as geometrical forms on the finials to the bell towers. Thus, the starting-point was the coincidence on the same line of the macled 52.5 cm sides of a square and a pentagon, going through their corresponding twists.

The modellist J. Brunet invented a little machine to simplify the process of making the models at a scale of 1:10, derived from the base profiles, allowing the versions of the model to be compared with the original.

Upper central nave

Research into a new order

The column for the central nave, 45 m in hight, is clearly derived from two squares without rounding the resultant star shaped polygon with parabolas as described previously for the 8 sided lower column of the central nave, although it is also inverted, that is to say that the lower end –that

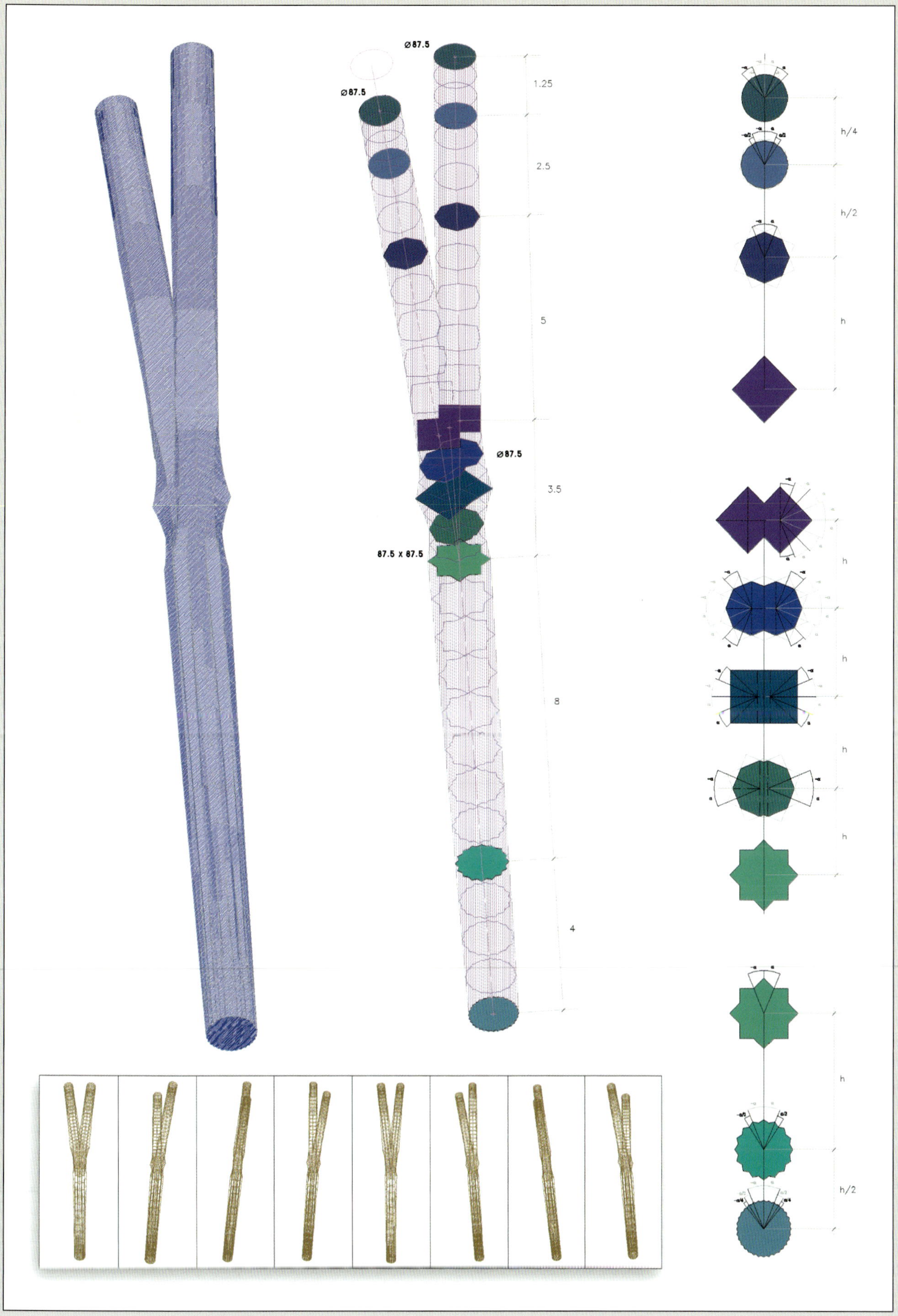

Bifurcació de les columnes superiors de la nau central. D'un octàgon es passa a la circumferència inferior i a dues columnes, amb la mateixa llei de generació del quadrat a la cirucumferència superior.

Bifurcation of the central nave upper columns. The octagon becomes both the lower circumference and the upper two columns, with the same generation law from the square to the upper circumference.

A la recerca d'un nou ordre

Les ramificacions es produeixen amb l'ajuda de nusos o de formes de traspàs que segueixen la mateixa llei.

The ramifications are produced with the help of knots or forms of transfer following the same law.

with the circular section– emerges from the knot. In this way, the two squares of the triforium elevation are able to generate the figure that transfers to the two columns. The upper support elements provide support which rise up to the highest vaults. This also gives the higher edges greater relief. The inscribed diameter and the side of the square both measure 90 cm.

Both the singular forms for the columns above the choir and the macle resulting from the knot formed by ellipsoids are truly surprising due to the resulting plasticity and the sense of domination over geometry which only such a master as Gaudí could achieve. The continuity of the uninterrupted line rising up suggests that the columns really do follow the thrust lines imposed on them.

Branching forms

This repetitive but singular generation is also seen in the forms of branching that bifurcate from one to two columns in the side aisles at a height of 30 m, corresponding to the triforium of the central nave and in which the different figures forming the transept and the crossing will be located, repeating the same method, though modified as required.

Research into a new order

Nau central alta

La columna de la nau central, a 45 m d'alçada, és clarament el resultat de partir de dos quadrats, sense arrodonir el polígon estrellat amb paràboles, com a la columna de 8 costats de la nau central, encara que també invertida, és a dir, amb la part inferior —la de secció circular— sorgint del nus. Així, els dos quadrats a l'alçada del trifori poden generar la figura que traspassa a dues columnes els elements de suport superiors que s'aixequen fins a les voltes més altes. També així es dóna més relleu a les arestes que estan a més altura. El diàmetre inscrit i el costat del quadrat fan 90 cm.

Tant les formes singulars de la columna de sobre la cantoria com la maclada que sorgeix del nus format per el·lipsoides són realment quelcom sorprenent, pel resultat plàstic i el sentit de domini de la geometria que només podia trobar un mestre com Gaudí. L'aspecte de continuïtat que dóna la línia ascendent que segueixen les columnes coincideix amb les corbes de pressió estructurals.

Formes de traspàs

Aquesta generació sempre repetida però singular es manté també en les formes de traspàs o ramificació que menen d'una a dues columnes a l'alçada de 30 m de les naus laterals que corresponen al trifori de la nau central i en el qual hauran de ser les diverses figures que formen el transsepte i el creuer, tot repetint el mateix mètode, encara que modificant el necessari.

Així, per a la columna de l'extrem de la cantoria que dóna al transsepte, que Gaudí possiblement no devia estudiar, ja que no se'n coneix cap fotografia ni model, s'ha aplicat la mateixa sistemàtica explicada per obtenir un suport que possiblement difereix poc del que Gaudí hauria projectat. És el resultat de maclar pentàgons i quadrats amb l'ús de la generació invertida, de manera que passa primer a un pentàgon i una vegada efectuats altres girs esdevé un cercle al mateix nivell que l'original que sorgeix del pla de la cantoria.

For the column at the end of the choir giving onto the transept, which may not have been studied by Gaudí, as there is no surviving photograph or model, the same system has been applied to obtain a support that possibly differs little from that which Gaudí would have planned. It is the result of fusing pentagons and squares through the use of inverted generation which passes first to a pentagon and which, other twists having been made, becomes a circle at the same level as the original which emerges from the level of the choir.

A la recerca d'un nou ordre

Els nusos

Descripció, treball i recerca

Anomenem nusos a diversos elements de traspàs entre columnes o de continuïtat del tronc a les branques, d'acord amb la imatge del bosc i dels arbres amb què a Gaudí li agradava d'explicar el que serien les naus del temple. Situats entre les columnes a diferents alçades de l'estructura arborescent, no li foren fàcils d'obtenir. Per això a la maqueta a escala 1:10 que s'anava aixecant a l'obrador, s'hi anaren col·locant diverses solucions.

Primer, hi aparegué la simple connexió amorfa de les columnes, després, unes superfícies com uns plats que volien assumir la funció de reforçar uns elements que quedarien poc protegits. Més tard, i sempre en funció del que la natura deparava, com uns monyons o nusos sense definició geomètrica i, finalment, unes solucions basades en la macla d'uns el·lipsoides que permeten noves solucions, malgrat que es basa en la modulació que com una immensa teranyina s'estén per la totalitat del temple.

Restauració de maquetes a escala 1:10.

Restoration of the models at 1:10 scale.

Cal afegir-hi que Gaudí volia utilitzar aquests elements també per solucionar la il·luminació de la nau. Per això projectà uns el·lipsoides que s'encaixen en les concavitats que circumden unes formes estrellades en les quals s'inscriuen uns paraboloides, pels quals es reflectirà la llum elèctrica indirectament, a la vegada que per transparència decoraran uns vitralls amb la simbologia que correspon a cada columna.

Foren dues les solucions definitives d'aquests nusos que Gaudí decidí utilitzar d'acord amb el lloc i l'espai de què disposava. A les dotze columnes de la nau principal i del transsepte, la solució més voluminosa; a les vuit columnes que envolten el creuer que s'ha de realitzar amb pedra basàltica, la solució és més simplificada i, malgrat que resultant dels mateixos el·lipsoides, més

Research into a new order

The knots

Description, work and research

We call the various elements of transfer between columns, or of continuity between trunk and branches, 'knots' in accordance with the image of the wood and the trees that Gaudí liked to use to explain the nave and aisles of the church. Situated between the columns at different heights in the arboreal structure, they were not easy to obtain. For this reason, various solutions were applied to the 1:10 scale plaster model being built up in the workshop.

First there appeared the simple amorphous connection between the columns, followed by some surfaces like plates attempting to assume the function of reinforcing elements that would otherwise be little protected. Later on, and always in accordance with the lessons of nature, they appeared as stumps or knots without any geometrical definition and, finally, studies based on the fusion of ellipsoids offered up new solutions, despite being based on the modularity which, like an immense spider's web, extends throughout the church.

El nus o capitell de les columnes de la nau central. El pas a la circumferència es produeix dins el nus. Al fons, graderia per als cantaires i finestral.

Knot' or capital of the central nave columns. The transition to a circle is hidden within the volume of the knot. The choir terraces and window can be seen lower down in the photograph.

reduïda. Aquesta mateixa forma serveix en la mida equivalent a les columnes de vuit costats que envolten i donen suport a les voltes de l'absis i deambulatori. Finalment, les quatre grans columnes del creuer, la primera solució degudament proporcionada.

Investigació

Ara, en plantejar-se la necessitat de construir aquests nusos —dels quals es desconeixia el perquè, l'origen i l'estructura geomètrica interna—, a partir dels models originals de guix a escala 1:10 fou necessari prendre amb el màxim d'exactitud les mesures del que eren els eixos principal, secundari i menor de cada el·lipsoide.

L'oportunitat de tenir diversos models originals restaurats, sortosament amb un percentatge importantíssim del que el mateix Gaudí havia projectat, va permetre mesurar-los amb plena fidelitat. El resultat fou sorprenent. S'anava prenent cada mida amb tota cura, tot anotant ordenadament damunt del paper, des de l'el·lipsoide més gran fins al més petit. Les mesures, preses en centímetres, foren:

	eix major	eix secundari	eix menor	
	1	2/3	1/2	
El·lipsoide gran	360	240	180	1
El·lipsoide mitjà	270	180	135	2/3
El·lipsoide petit	180	120	90	1/2

Els el·lipsoides mantenien una mateixa proporció entre els seus eixos. Si el gran podia ser la unitat, el mitjà n'era dues terceres parts i el petit, la meitat.

Gaudí havia jugat amb aquests elements per dotar-los, en compondre'ls, d'un equilibri de volums amb relació a les columnes que en sorgien cap

It must be added that Gaudí wished to make use of these elements to resolve the illumination of the nave. He therefore planned the use of ellipsoids which have hollowed-out concavities circumscribed by a necklace of hyperbolic paraboloids through which electric light can be indirectly reflected whilst, at the same time, through transparency, they decorate stained glass windows with the symbolism corresponding to each column.

There were two definitive solutions for these knots that Gaudí decided to employ according to the place and space at which they were located. For the twelve columns of the central nave and the transept, the most voluminous solution; for the eight columns surrounding the crossing, made from basalt stone, the simpler solution, more reduced despite being derived from the same ellipsoids. This same form also serves, in equivalent size, the eight-sided columns that surround and support the vaults of the apse and ambulatory. Finally, for the four great columns of the crossing, the first solution was adopted, appropriately proportioned.

Nus de basalt de les columnes del transsepte. La ramificació passa del decàgon inferior a cinc columnes superiors.

Basalt knot for the transept columns. The branching passes from the lower ten-sided polygon to the five columns above.

amunt. A més, tant en buidava una part del més gran com n'afegia. I encara més, ho completà amb una decoració dels intradosos a partir d'uns elements estrellats que havien d'enriquir-lo com a raigs de llum, procedents d'uns volums també el·lipsoïdals, que amb vitralls de color a la cara exterior i amb llum blanca a l'interior podrien aconseguir uns jocs de llum de gran qualitat, a més d'il·luminar les naus.

L'estudi de totes aquestes interseccions, que com a paraboloides creixents i decreixents componien aquestes formes estelades, fou minuciós i llarg. Possiblement un any de treball per a ajustar-se a uns eixos i a unes

Study

Once the time came to make these knots –those for which the reason, the origin and internal geometrical structure were unknown– from the original plaster models scaled at 1:10, it was necessary to take measurements with maximum precision of the principal, secondary and minor axes for each ellipsoid.

The opportunity to obtain diverse restored models, fortunately with a large proportion of what Gaudí himself had planned, allowed them to be measured in good faith. The result was surprising. Taking each measurement with absolute care, noted and on paper from the largest ellipsoid to the smallest, the measurements, in centimetres, were:

	major axis	secondary axis	minor axis	
	1	2/3	1/2	
Large ellipsoid	360	240	180	1
Medium ellipsoid	270	180	135	2/3
Small ellipsoid	180	120	90	1/2

A la recerca d'un nou ordre

Columna de pòrfir de suport del creuer amb inici del nus o capitell de granit clar.

Porphyry column supporting the crossing with the commencement of the pale granite 'knot' or capital.

The ellipsoids maintained the same proportions between their axes. If the larger could be regarded as the unit, the middle sized is two thirds of the largest, and the smallest, half.

Gaudí played with these elements in order to give them, in composition, a balance of volumes in relation to the columns that emerged above. Furthermore, he was as likely to subtract part of the largest as he was to add. Moreover, he completed it with the decoration of the intradoses using star-shaped elements which were to enrich it like rays of light from some volumes, also ellipsoidal, which, with coloured stained-glass windows facing the exterior and the white light in the interior, could achieve a play of light of great quality as well as lighting the nave and aisles.

The study of these intersections of hyperbolic paraboloids, which grow and reduce in size as they join in a star-like configuration, was both a long and an exacting process. It probably took as much as a year's work to adjust them to axes and measurements –those of the original model– as we sought a method unknown to us.

Research into a new order

Gaudí decided upon two distinct models for the knots, one with greater volume that corresponds to the transition of the 140 cm diameter granite columns. This had the major ellipsoid fused with

mides —les dels models originals— en les quals cercàvem una metodologia desconeguda.

Gaudí es decidí per dos models diferenciats de nusos, un de més volum, que corresponia al traspàs de les columnes de granit de la nau de 140 cm de diàmetre, amb l'el·lipsoide fonamental maclat amb els altres de menors dimensions i decorats amb un estrellat de paraboloides. Un altre, també originat pel mateix el·lipsoide, però més reduït, perquè se'n retallava la part superior amb la intersecció d'uns plans inclinats i la inferior amb un retallat procedent de substreure'n una part amb la mossegada d'un el·lipsoide més petit. Aquest segon model de nus permet situar-lo a les columnes de l'absis, ja que si bé l'intercolumni de la nau amb els 7,50 m entre eixos té prou amplitud, aquesta es redueix sensiblement a l'absis a 3,75 m i demana una solució menys voluminosa. També aquest segon model és el que cal situar a cada una de les 8 columnes de 10 costats que envolten el creuer i que Gaudí projectà de pedra basàltica. El primer model amb més proporcions corona les quatre columnes del creuer de 2,10 m de diàmetre. Aquestes columnes estan previstes de pòrfir, que com a material més resistent, pot suportar les majors càrregues gravitatòries corresponents al gran cimbori que simbolitza Jesucrist i que assoleix la màxima alçària del temple. El model més voluminós és el que porta els elements d'il·luminació de les naus. Per això s'han realitzat amb granit clar per poder reflectir la llum, i així seran també els quatre del creuer.

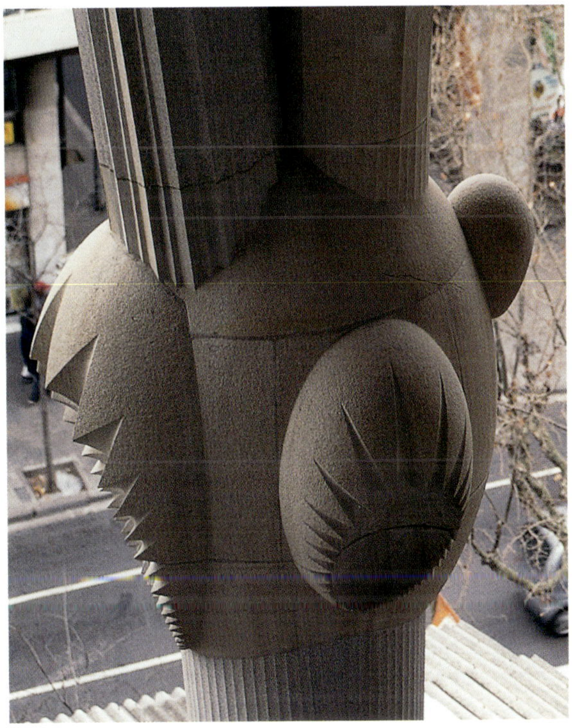

Part superior del nus de granit clar i ramificació de les columnes de la nau central.

Upper part of the pale granite knot and the branching of columns for the central nave.

others of smaller dimensions decorated with a necklace of hyperbolic paraboloids. Another, also originating from the same ellipsoid, but more reduced because the upper part was cut with the intersection of inclined planes and the lower part by trimming through the subtraction of part, cut out by a smaller ellipsoid. This second type allows for the close spaced columns in the apse. The intercolumniation of the nave is a more generous 7.50 m between axes, whereas this dimension reduces to half in the apse, at 3.75 m, requiring a less bulky solution. This second type is also used on each of the eight columns with ten sides surrounding the crossing that Gaudí planned to be made from basalt. The first varietal with the largest proportions crowns the four great columns of the crossing, which measure 2.10 m in diameter. These were to be made from porphyry, which is the strongest naturally occurring stone in compression, to support the great loading from the major cupola above which, as the highest point of the church, represents Jesus Christ. It is also the most bulky varietal that incorporates the nave lighting. It is for this reason that a pale coloured granite has been selected to reflect light. The same type is used for the four beneath the crossing.

A la recerca d'un nou ordre

Les voltes de les naus

Una llarga recerca

Fins a trobar la solució definitiva, formada per un conjunt de formes estrellades resultat de les interseccions de diversos hiperboloides, que en positiu o negatiu s'articulen amb paraboloides i plans, Gaudí hi esmerçà molt temps i un gran esforç. Recordem altra vegada les paraules que digué a Bergós després d'expressar-li també la satisfacció que sentia amb el primer campanar enllestit: "Estic satisfet de la darrera maqueta de les naus del temple, però em contraria no poder-ne realitzar un tram complet." (24)

Al final del segle, una vegada plantejada la construcció d'un temple més gran, la solució que s'havia de donar a les voltes fou d'acord amb l'esquema neogòtic, peraltant les ogives per centrar les resultants de les línies de pressions. Es conserven fotografies i una part important del model a escala 1:25 d'aquesta solució de la nau. Més endavant és el paraboloide el protagonista: "Ja veuen, el paraboloide hiperbòlic que tots han estudiat i que tots sabien que no servia per a res, ara servirà per a les voltes de la Sagrada Família" recull Puig Boada d'una conversa llarga sobre les voltes i l'excel·lència d'aquesta figura geomètrica, que Gaudí relacionava amb la Santíssima Trinitat. L'experiència de la capella de la Colònia Güell l'empenyia a servir-se'n. Martinell, en el seu llibre *Gaudí i la Sagrada Família* ho conta a bastament. És, però, en aprofundir en l'estudi de les superfícies reglades que l'hiperboloide li apareix com la forma més idònia:

> "El volum està comprès per les superfícies reglades que, considerades de generatrius infinites, abracen tot l'espai infinit. Aquestes superfícies, que són el paraboloide, l'hiperboloide i l'helicoide, tenen totes tres la mateixa 'estructura atòmica', o sia el tetràedre, que es conté en les tres esmentades superfícies. El

The ceiling vaults over the nave and aisles

Exhaustive studies

Until a definitive solution could be found, this was an assembly of forms arranged in star-like formation from various hyperboloids of revolution which were articulated by the use of hyperbolic paraboloids and planes as both positive and negative shapes. Gaudí expended much time and considerable effort. We recall once more what Gaudí said to Bergós after expressing his satisfaction at seeing the first bell tower completed: "I am satisfied with the last model of the nave and aisles, but I am disappointed not to be able to realise a complete bay." (24)

He stated to Bergós after also telling him of his satisfaction at having seen the first bell tower completed. Once the idea had been established at the end of the century to make the church larger, the solution adapted for the vaults was in accord with the Gothic Revival scheme, canting the ogives to centre the resulting thrust lines. There are surviving photographs of this important model of the nave at a scale of 1:25.

Research into a new order

tetràedre és la síntesi de l'espai. L'hiperboloide representa la llum i l'helicoide el moviment."(25)

Motlle negatiu original de les voltes a escala 1:25.

Original mould (negative) for the model of the nave roof scaled at 1:25.

A partir del cercle en què es transformen les bases poligonals, quadrades, pentagonals, hexagonals o vuitavades de les columnes, en els girs que es produeixen a mesura que s'aixequen, neixen els hiperboloides que inicien i formen les voltes de les naus. Gaudí divideix tota la superfície per cobrir d'un tram de 45 × 7,50 m en parts diferenciades a les quals donen suport, a cada costat de l'eix de la nau principal, 10 columnes més petites que, com branques, procedeixen de les columnes que s'aixequen a partir del nivell del paviment del temple.

Later on, the hyperbolic paraboloid became the protagonist: "Now you see, the hyperbolic paraboloid which everyone has studied and which everyone knows to be useless, will now be used for the Sagrada Família vaults..." recalls Puig Boada in a long conversation on the vaults and the excellence of this geometrical form, which Gaudí related to the Holy Trinity. The experience of the Colònia Güell chapel was what persuaded him to use them. In his book Gaudí i la Sagrada Família, Martinell provides a full account. It is, however, only when one delves more deeply into the study of ruled surfaces that the hyperboloid of revolution appears to him to be the most suitable form:

> "The volume is made by ruled surfaces from infinite generatrices, embracing the whole of infinite space. These surfaces, the hyperbolic paraboloid, the hyperboloid of revolution, and the helicoid, all have the same atomic structure, that is, the tetrahedron, which can be seen in the three surfaces mentioned. The tetrahedron is the synthesis of space. The hyperbolic paraboloid represents light and the helicoid movement." (25)

A la recerca d'un nou ordre

Aquests hiperboloides directes es combinen amb altres d'inversos, és a dir, que obren el seu collarí per tal que entri la llum. S'enllacen els uns amb els altres per unes formes estrellades a partir de punts comuns que també són el resultat d'una mateixa modulació. Els hiperboloides es generen per directrius circulars de diàmetres en el collarí, que mantenen entre elles les proporcions de la unitat, dos terços i la meitat, és a dir, de 120, 80 i 60 cm de diàmetre. A partir dels models originals de les voltes, amb les seves interseccions, les formes estrellades deixen espai per a inscriure uns paraboloides que a la vegada donen pas a uns altres petits hiperboloides de 20 cm de diàmetre per on també entrarà la llum. Tal com Gaudí explicava: "La llum entra de dia com per entremig del fullatge dels arbres. A la nit, apareixeran aquests òculs com les estrelles del cel."

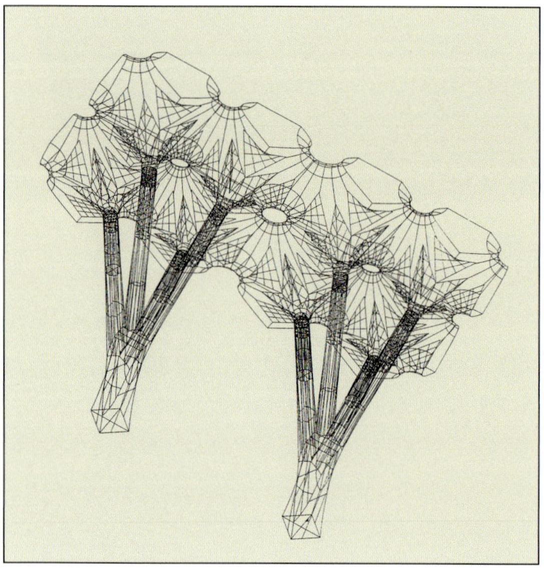

Dibuix per ordinador de les columnes i voltes de les naus laterals.

Lateral nave vaults and columns (CAD drawing).

Les naus laterals i les cantories

A 30 m d'alçada, Gaudí projectà i deixà clarament resolt el complex estrellat de les naus laterals, que en els trams de façana i a nivell entre 15 i 20 m ocupen les cantories. Aquestes graderies són l'espai destinat a banda i banda de les naus i també en la testera, per donar lloc a 1.350 cantaires, que omplin amb els seus cants les cerimònies litúrgiques. Les cantories lliguen estructuralment el conjunt i li donen cohesió. S'articulen per mitjà d'una combinació de paraboloides hiperbòlics inclinats que s'entreguen harmònicament amb la part alta dels finestrals i per damunt de les columnes de base hexagonal amb l'element horitzontal que constitueix la barana amb una combinació d'hiperboloides que a més de resoldre la il·luminació, donen suport i decoren el seu para-

Research into a new order

From the circle which transforms the polygonal, square, pentagonal, hexagonal or octagonal bases of the columns, in the twists produced as they rise, the hyperboloids of revolution are born, beginning and forming the nave and aisle vaults. Gaudí divides the whole of the surfaces covering each bay of 45 × 7.5 m into parts differentiated by the supports. To each side of the axis of the central nave are ten smaller columns which spring like branches from the columns below, providing support from the floor level of the church. These actual hyperboloids of revolution combine with others that are inverse, that is to say, that are open at the collar to allow light to enter. They are joined together with others by star-like forms based around the common points of intersection that are also the result of the same modulation. The hyperboloids of revolution are generated from a circular directrix which is the diameter of the collar, maintaining between them the proportions of the unit, the two thirds and the half, in other words, 120, 80, and 60 centimetre diameters. From the original models of the ceiling vaults and their intersections, the star-like forms leave space to inscribe some hyperbolic paraboloids which at the same time make space for a series of smaller hyperboloids of revolution twenty centimetres wide and which also act as light sources. Just

Finestrals, voltes
i columnes de suport.

Nave windows, walls and columns.

as Gaudí explained: "Light enters during the day just as through the midst of the leaves of trees. At night the occuli will appear as stars in the sky."

The side aisles and the choir

Gaudí left the star form complex for the thirty metre high vaults of the lateral nave clearly resolved. Between the windows at a height of between 15 and 20 metres runs the choir. These stepped terraces are the raised levels that run along both sides of the nave and aisles as well as the head, providing space for one thousand three hundred and fifty choristers to fill the church with their song during ceremonies. The choir ties the structure together and provides cohesion to the whole assembly. The undercroft is articulated by means of a combination of inclined hyperbolic paraboloids which join harmoniously with the upper parts of the windows and the six-sided columns. At their open horizontal edge there is a balcony made from a combination of hyperboloids of revolution that assists the overall lighting and provides support and decoration to the lower surface. The first bay was finished by early 1993. It was the first time that the plastic effect, which

A la recerca d'un nou ordre

ment inferior. A la primeria del 1993 se n'enllestí el primer tram. Era la primera vegada que es podia veure l'efecte plàstic a mida natural del que Gaudí només havia realitzat amb guix, deu vegades més petit. L'impacte de veure la llum com lliscava fou sorprenent fins i tot pels admiradors de l'obra gaudiniana, tot i que constituïa només un primer tast.

Per a aixecar les voltes calia primer col·locar les columnes de suport i construir els motlles de poliester armat amb fibra de vidre per replenar amb formigó degudament armat. Gaudí s'havia servit sovint de tecnologies semblants. La poca alçada dels hiperboloides feia adient el sistema. Les interseccions de les diverses superfícies reglades havien estat dibuixades per arquitectes becaris de la Universitat Politènica de Catalunya, concretament de l'Escola d'Arquitectura de Sant Cugat del Vallès, sota la direcció del professor Josep Gómez Serrano, gràcies al conveni de col·laboració signat amb la Junta Constructora del temple, per poder disposar així de l'equip informàtic adient. Els hiperboloides de les naus laterals tenen uns diàmetres de collarí de 60, 80 i 120 cm, és a dir, de les proporcions que es van repetint arreu. Els més petits són de 20 cm de diàmetre. Uns plans acaben de completar les unions entre les superfícies dels finestrals al costat de les façanes i una barana formada per hiperboloides verticals de 180 cm de diàmetre de collarí, decorats, que tanca les naus laterals pel costat de la nau central. Aquest trifori va seguint el perímetre de les naus centrals fins a les façanes de llevant i ponent, on s'entrega, per continuar contornejant l'absis. Tal com es preveia a la conferència publicada a l'anuari de l'Associació d'Arquitectes de Catalunya l'any 1923 (26), aquestes voltes s'han construït ara de formigó que s'ha modelat a partir d'uns motlles de poliester i el gunitat posterior amb ciment blanc.

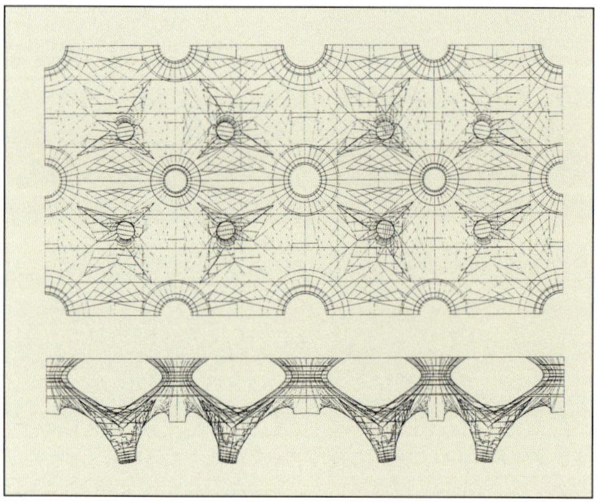

Dibuix per ordinador de les voltes (secció i planta de les naus laterals), combinació estrellada de superfícies reglades.

CAD drawing of the ceiling vaults (section and plan of the lateral nave) a star form combination of ruled surfaces.

Gaudí himself only ever saw in gypsum plaster ten times smaller, could be seen at full size. The impact of seeing the light gliding over the surfaces was surprising even to the many admirers of Gaudí's work, of which this was in any case but a first taste.

To raise the vault it was necessary, firstly, to put the columns in place, then construct the glass fibre moulds around them to make the vaults using reinforced concrete. Gaudí had often used such techniques previously. The little elevation of the hyperboloids was adequate for the system. The intersections of the various ruled surfaces were drawn by postgraduates at the Sant Cugat del Vallès School of Architecture, attached to the Polytechnic University of Catalonia, under the direction of Professor Josep Gómez Serrano, through a cooperation agreement signed with the Church Construction Committee, by which access was gained to the computer equipment needed for the work.

Research into a new order

The hyperboloids of revolution in the aisles have collar diameters that range as follows: 60, 80 and 120 cm, which accords with the proportional system applied throughout. The smallest hyperboloid of revolution has a diameter of twenty centimetres. Planes complete the union between these and

Aspecte de les voltes catalanes de la nau central. Les generatrius de l'hiperboloide permeten decorar-les amb mosaic venecià.

Central nave vaults made using Catalan vaults technique. The generatices of the hyperboloids allow the introduction of symbolic palm fronds using Venetian glass.

La nau central i el transsepte

La nau central, que s'aixeca a 45 m d'alçada, és limitada per uns finestrals suportats a la part inferior per un bellíssim conjunt de columnes inclinades formades per paraboloides. La part alta del finestral és una superació d'aquest mateix element a les naus laterals, sobretot en la solució de la part superior de l'hiperboloide el·líptic que l'acaba i l'esculturada solució d'interseccions entre hiperboloides de la seva cara interior.

A banda i banda dels 15 m de llum de la nau central, la columna vuitavada que procedeix del nus —macla d'elipsoides— es bifurca en dues branques que acaben amb uns hiperboloides molt més alts que els de les naus laterals. Els hiperboloides de les voltes, que segueixen l'eix principal, són de grans proporcions i s'intersequen entre si, tot formant unes estrelles que

the surfaces of the windows where they meet on one side. On the other side there is a parapet formed from a decorated vertical hyperboloid of revolution with a collar measuring one 180 cm which completes the side aisle on the side of the central nave. This triforium follows the perimeter of the central nave around to the east and west transept façades where they meet then continue around the apse. As described in the lecture published in the annual proceedings of the Associació d´Arquitectes de Catalunya in 1923 (26), these vaults are now made from concrete modelled from polyester moulds and subsequent sprayed concrete using white cement.

The central nave and transept

The central nave, which rises to a height of 45 m, spans between windows supported at their lower parts by an extraordinarily beautiful assembly of inclined columns made from hyperbolic paraboloids. The upper part of the window here is a richer development of its equivalent in the side aisle. This is most apparent in the solution for the higher elliptical hyperboloid of revolution and the sculptural impact of the intersections between the hyperboloids of revolution on the interior face.

A la recerca d'un nou ordre

segueixen les generatrius que llisquen pels collarins. A cada tram s'obren cinc hiperboloides simètricament situats amb uns diàmetres de collarins de 180, 150 i 120 cm al centre de la tramada i un de 150 cm a l'eix de separació d'aquestes. Com a les naus laterals, uns petits hiperboloides de 20 cm de collarí perforen uns paraboloides d'enllaç i s'entrecreuen els extrems dels hiperboloides amb el dentat de petits paraboloides contraposats.

Aquestes voltes poden construir-se, com també se'n parlava en l'al·ludida conferència, mitjançant el sistema tradicional de maó de pla, ja que per la gran magnitud que tenen fóra difícil servir-se de motlles de poliester armat amb fibra de vidre. Les generatrius dels hiperboloides són barretes de ferro col·locades cada 15 cm; es recolzen damunt de directrius circulars i permeten col·locar fàcilment les rajoles de ceràmica que en seran l'intradós. El primer full pot realitzar-se perfectament com s'han construït sempre les voltes catalanes, a partir d'enllardar amb ciment ràpid cada cantell de rajola. Després, el segon full cal realitzar-lo amb morter de ciment pòrtland, tot trencant junt amb el primer i col·locar la rajola paral·lelament a les directrius circulars de l'hiperboloide. Per aprofitar al màxim les peces de rajola de 10 × 20 cm del mercat, en els espais que resultarien més estrets s'hi posa vidre venecià, i s'aconsegueix enriquir els paraments, a la vegada que l'estructura dels hiperboloides queda així perfectament explicada. Gaudí volia que la nau central es decorés amb fulles de palmera les palmes que simbolitzen la glòria del martiri. Les formes triangulars allargades que resulten de la separació d'una filada de rajoles que segueixen les generatrius donen la solució adequada, que es decora amb un trencadís de vidre venecià que combina l'or amb diversos tons verdosos.

Columnetes generades per paraboloides a la part inferior dels finestrals, a 30 m d'alçada.

Intersecció dels hiperboloides a les naus laterals.

Columns generated from paraboloids supporting the clerestory windows at a height of 30 metres.

Intersection of the lateral nave hyperboloids

Research into a new order

From side to side of the 15 m of light in the central nave, the eight sided column which springs from the knot –a fusion of ellipsoids– bifurcates into two branches ending in hyperboloids much higher than those in the side aisles. The hyperboloids of revolution in the vaults that align with the principal axes are of large proportions and intersect with each other forming stars that follow the generatrices that glide through the collars. In each bay there are five hyperboloids of revolution arranged symmetrically with collar diameters of 180, 150 and 20 cm in the centre of the bay and one of 150 cm at the axis separating these. As with the side aisles, small hyperboloids of revolution measuring 20 cm perforate a number of hyperbolic paraboloids used to join the hyperboloids of revolution together, and at the extremes of the intersected hyperboloids of revolution small teeth made from hyperbolic paraboloids are used to highlight their interlacing.

These vaults could also be made using a traditional system of laminated tiles also discussed in the above-mentioned lecture, given that their magnitude makes them difficult to make using the glass fibre mould system. The generatrices of the hyperboloids are steel strips placed every 15 cm; these are supported by circular directices and allow ceramic tiles to be laid easily to form the intrados.

Detall de les voltes de la nau central. La divergència entre les generatrius de l'hiperboloide permeten decorar-lo amb mosaic venecià.

Detail of the central nave vaults. The divergence of the hyperboloid generatrices allow the Venetian decoration mosaic.

A la recerca
d'un nou ordre

Detalls del finestral superior i els hiperboloides de la nau central. La llum és recollida i llisca tal com Gaudí preveié.

Details of the clerestory window and the hyperboloids of the central nave. Light glides over the surfaces just as Gaudí had anticipated.

The first leaf is made perfectly in the way Catalan vaults have always been built, by buttering all the edges of the tiles with rapid-hardening cement. The second leaf is then laid using Portland cement mortar, the tiles all cross-laid and aligned parallel to the circular directices of the hyperboloid of revolution. In order to gain the maximum benefit from the tiles, which measure 20 × 10 cm, especially where the space becomes more restricted, small pieces of Venetian glass are placed in the resulting gaps with the accompanying effect of enriching the ornamentation at the same time that the structure of the hyperboloid of revolution remains absolutely explicit. Gaudí wanted the central nave to be decorated with palm fronds –the palm symbolises the glory of martyrdom. The long thin triangular shapes thus formed between diverging adjacent rows of tiles following the generatrices provides an appropriate solution to this desired decoration using a combination of broken Venetian glass in various shades of green.

The crossing

Research into
a new order

According to the architect Quintana, the calculation and drawing for the vaults over the crossing had to be done using large sheets of wrapping paper from a prone position on the floor. The fire

El creuer

El creuer del Temple de la Sagrada Família fou objecte de càlcul i es dibuixà, segons explicava l'arquitecte Quintana, damunt de paper d'embalar, ajagut a terra. El foc destruí aquest estudi, però es coneixien algunes dades numèriques i esbossos originals, com també alçats i seccions del conjunt, publicats diverses vegades.

A través del coneixement de la geometria de les naus i el transsepte i del racionalisme estructural que Gaudí emprava, s'ha pogut realitzar la maqueta a escala 1:25 a partir de la qual s'estan efectuant els càlculs del conjunt de la resta de voltes que tanquen el creuer i l'absis.

Les modulacions i les proporcions s'ajusten al conjunt que Gaudí volia donar al temple. Les quatre columnes de 2,10 m de diàmetre s'aixequen per suportar-ne cada una tres més, que, com branques, serviran de suport de les torres dels evangelistes i el cimbori central. A partir de 45 m les 4 columnes centrals es divideixen cada una en quatre més. Els diàmetres passen a 140 i 105 cm i sorgeixen de 3 quadrats a la de 210, de 2 a la de 140 i un quadrat a la de 105. Les proporcions són entre si de la unitat, dos terços i la meitat.

Voltes de la nau central del creuer i transseptes. Distribució de les rajoles segons les directrius dels hiperboloides.

Arches of the crossing and central nave. Distribution of the tiles according to the directrices of the hyperboloids.

destroyed these studies, but some of the numerical data and original sketches remain, along with elevations and sections of the assembly published at various times.

Through an understanding of the geometry of the nave and transept and the structural rationale employed by Gaudí, it has been possible to produce a 1:25 scale model from which all the calculations for the vaults that cover the crossing and the apse can be calculated.

The modules and proportions conform to the whole that Gaudí had wished to give the church. The 210 centimetre diameter columns reach up to support a further three that, as branches, support the evangelists' towers and that of the central cupola. From 45 m up each of the four columns divides into another four. The diameters pass to 140 and 105 cm and emerge from the three squares for the 210 cm, to two squares for the 140 cm, and one square for the 105 cm. The proportions lie between the whole, two thirds, and a half.

The crossing covers 900 m² in a square with sides measuring 30 m. It is formed through the interlacing of 25 hyperboloids of revolution. There is one in the centre with a 4 m diameter, four at 3 m diameter situated on each axis. Between these are a further eight measuring 1.5 m,

A la recerca d'un nou ordre

Del total dels 900 m^2 del creuer, que corresponen a un quadrat de 30 × 30 m, s'entrellacen un conjunt de 25 hiperboloides. Un de central de 4 m de diàmertre; quatre de 3 m de diàmetre, situats a cada eix. Entre ells, uns altres 8 de 1,50 m diàmetre i una corona de 12 del mateix diàmetre i inclinació diferent. El central té un diàmetre del doble de 2/3 de 3 = 4 m de diàmetre. Entre ells es formen uns paraboloides foradats per uns hiperboloides més petits, com a les voltes de les naus. Les columnes hi donen suport mitjançant hiperboloides massissos que conformen les estrelles que lliguen les generatrius d'aquestes voltes estelades, singular troballa de l'arquitectura gaudiniana. Estructuralment el tetràedre —pare de la geometria de l'espai, com deia Gaudí— ho lliga tot i en conforma un complex totalment rígid, que assegura l'estabilitat del cimbori central de 170 m d'alçada, que suporten les columnes. Difícilment pot haver-hi una solució diferent, perquè ha d'aconseguir lligar la forma del cimbori que Gaudí volia que fos el resultat d'enllaçar fusos de paraboloide hiperbòlic —tal com projectà per les cobertes de les sagristies que havien de servir-li d'experiència— amb l'estructura i la geometria. Aquestes formes, lleugeres i resistents alhora, comporten una estructura concreta que han de suportar 12 columnes inclinades que donen rigidesa a les grades d'un espai projectat damunt les voltes del creuer, ben articulades en tetràedres i que no admeten cap altra solució. Les altres quatre columnes, a 4,50 m del centre, donen suport a l'estructura de l'escala i caixa d'ascensors que permet accedir a la part més alta del cimbori, a la creu, cimal del temple, a 170 m d'alçada.

Maqueta d'estudi de les voltes del creuer a escala 1:25.

Crossing vaults model at 1:25 scale.

crowned by more of the same size but inclined. The centre has a diameter of twice two thirds of three, that is, 4 m. Between them is a formation of hyperbolic paraboloids perforated by smaller hyperboloids of revolution as seen with the nave and aisle vaults. The columns support them via massive hyperboloids of revolution in line with the stars that join the generatrices of these star-like vaults, a singular occurrence in Gaudí's architecture. Structurally, the tetrahedron –father of spatial geometry according to Gaudí– ties everything together to form a totally rigid assembly, thereby securing the stability of the 170 m high central cupola supported by the columns.

Research into a new order

It would be difficult to find a different solution to this, as it must link the form of the cupola that Gaudí wanted, which results from connecting hyperbolic paraboloid spindles to each other –as shown in the proposal for the vaults over the sacristies which provided with the experience of the structure and geometry. These forms, strong and at the same time light, well articulated as tetrahedronsform, form a concrete structure which has to support twelve inclined columns which provide the rigidity to the terraced space planned for above the crossing ceiling vaults. Practically no other solution would be possible. The other four columns 4,50 m from the centre support the structure

L'absis

Gaudí projectà de cloure l'absis amb un gran hiperboloide d'una fulla, amb un collarí de 3,75 m de diàmetre obert a la part superior a 75 m d'alçada, suportat per 12 columnes que s'aixequen al voltant del presbiteri i conformen la girola o deambulador, que uneix i separa de les capelles absidals.

Visió de les obres de cara a l'absis (març del 2000).

View of the works facing the apse (March 2000).

for the staircases and the lift towers which provide access to the highest point of the cupola, the cross, which is 170 m high.

The apse

Gaudí planned to close the apse with a great hyperboloid of revolution with a three and three quarter metre diameter collar open at the upper extreme at a height of 75 m supported by twelve columns that surround the presbytery and conform with the ambulatory which both joins and separates the apse chapels. It is important to understand that Gaudí commented repeatedly that on entering the church one should to be able to see the whole of the interior as far as the apse and its decoration, unlike Saint Peter's in Rome, whose excessively long central nave made it impossible to see the end and, above all, had curtailed the view and grandiose proportions of the cupola.

The published texts show Gaudí's symbolism, which situated the Pantocrator in the centre of the apse, made from Venetian glass mosaic with the angelic hierarchies of seraphims and cherubims, all illuminated by light which is to enter through the great oculus of the hyperboloid of revolution.

A la recerca d'un nou ordre

És important de conèixer que Gaudí repetidament comentava que en entrar al temple s'havia de veure tot el conjunt fins al fons de l'absis amb la seva decoració. No com a Sant Pere de Roma, on, havent allargat excessivament la nau central, s'havia malograt de veure's tot el fons i sobretot havia quedat retallada la visió i les proporcions grandioses de la cúpula. Els textos publicats exposen la simbologia gaudiniana, que situava el pantocràtor al centre de l'absis, realitzat amb mosaic venecià amb les jerarquies angèliques de serafins i querubins, tot il·luminat per la llum que ha d'entrar pel gran òcul de l'hiperboloide.

El creuer, que ocupa els 900 m^2 de superfície que corresponen als 30 × 30 m dels seus eixos, s'uneix a l'hiperboloide per mitjà d'unes generatrius que engendren un paraboloide que serveix de traspàs. Les columnes de suport provenen d'unes altres de pedra granítica, situades a 3,75 m l'una de l'altra, amb nusos o capitells de menys volum dels quals sorgeix el brancatge amb diferents columnes i a diferent alçada que a la part alta donen suport al gran hiperboloide absidal que es clou a 75 m d'alçada.

As stated previously, the crossing covers 900 m^2 in a square with 30 × 30 metre sides. The axes join the hyperboloid of revolution through generatrices which generate a hyperbolic paraboloid serving as a transition. The support columns come from others made from granite and placed at 3.75 m one from another. They have the knots or capitals of least bulk, from which emerge branches: columns of different heights which, at the top, support the great apsidal hyperboloid of revolution which closes off at 75 m.

Research into a new order

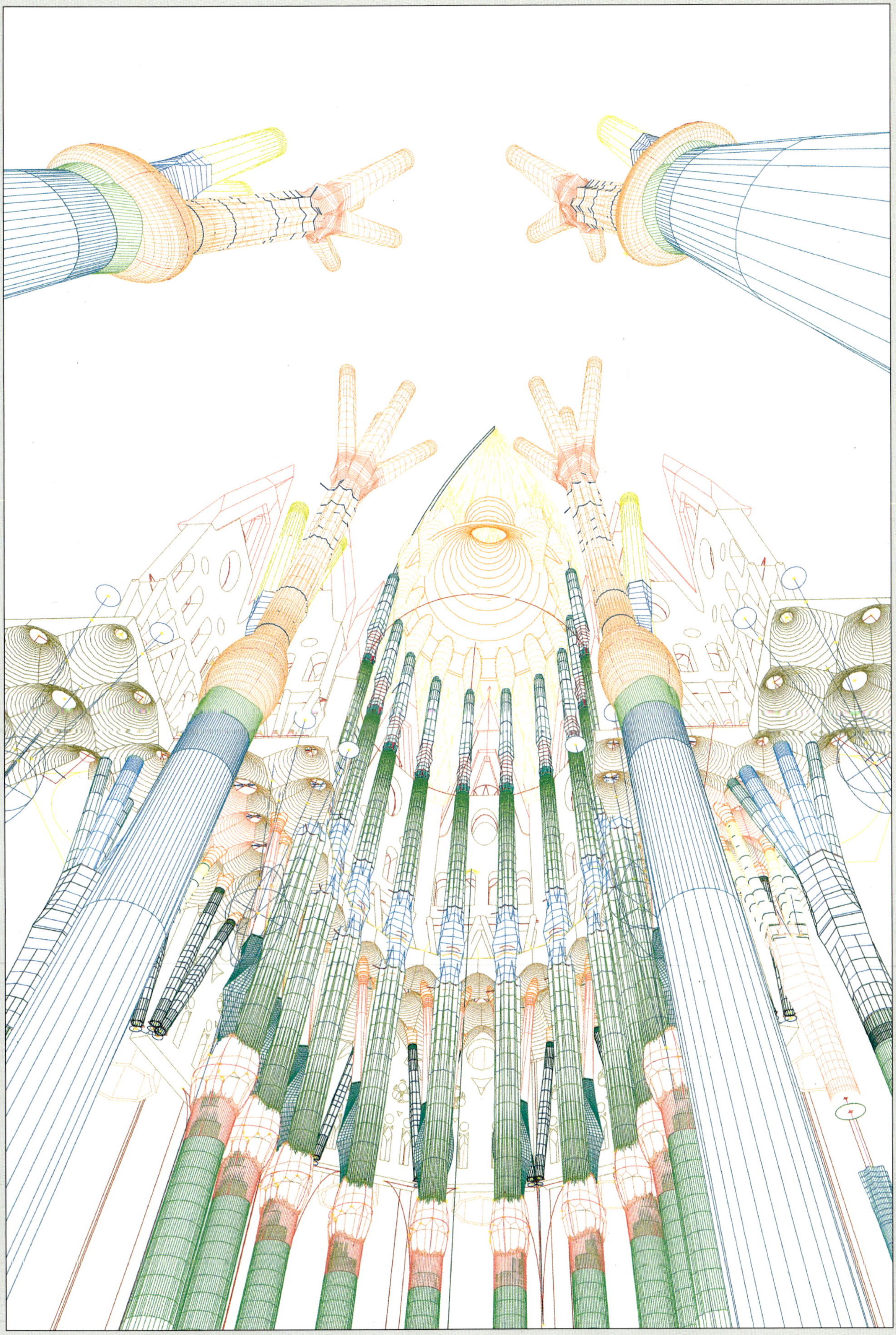

Primer dibuix per ordinador de l'absis, creat a partir dels dibuixos de Gaudí i les seves lleis geomètriques, estructurals i de proporcions.

First computer drawing of the apse, based on Gaudí's drawings and his laws of geometry, structure and proportions.

A la recerca d'un nou ordre

Els finestrals

Descripció

Són tres els tipus de finestral que Gaudí projectà de forma progressivament diferent per tal d'aconseguir un traspàs harmònic, des del neogòtic a la seva nova arquitectura.

A nivell de sota la cantoria l'envolupant dels finestrals és neogòtic, però els motllurатges s'han substituït per les formes noves enguerxides que deixen lliscar la llum. Un segon tipus de finestral, per damunt de les cantories i fins als 30 m de les naus laterals, presenta unes formes plenament diferents. Un hiperboloide el·líptic n'és l'element principal, acompanyat de quatre de circulars tot aixecant-se per damunt d'un fris d'obertures allargades situades damunt d'un ampit inclinat important. Un frontó s'allarga fins a l'agulla terminal en forma de cistella —constituïda per la composició d'uns paraboloides—, que conté els fruits corresponents, acolorits per mosaic venecià.

En correspondència amb la nau central, el tercer finestral té una semblança amb l'anterior, per l'hiperboloide el·líptic que en constitueix l'element principal, però només amb dos hiperboloides de revolució damunt de quatre obertures allargades. Aquest conjunt és suportat per una extraordinària composició de columnetes inclinades formades per paraboloides que envolten la part superior de les voltes de les naus laterals. Longitudinalment, l'aspecte d'aquesta part inferior del finestral recorda el passadís de les escoles de les teresianes. El frontó allargat que corona amb la seva agulla terminal aquest darrer finestral, queda ben acordat amb les superfícies diverses que componen les cobertes. Unes lletres amb el text "*Gloriam*" ocupen el centre d'uns elements estrellats i arrodonits a la part superior.

Es disposa dels originals a escala 1:10 que coronen les agulles que Gaudí volia decorar amb vidre venecià: el raïm i les espigues, amb el calze i l'hòstia terminals.

Research into a new order

The windows

Description

Gaudí projected three types of window, each progressively more different, as a means of ensuring a harmonious transition from the Gothic Revival to his own new architecture.

At the level of the underside of the choir, the composition is essentially Gothic Revival, but the mouldings have been replaced by new warped forms that allow the light to glide through for the side aisle windows above the choir up to a level of 30 m, the forms are clearly different. The principal element is an elliptical hyperboloid of revolution accompanied by four circular openings raised above a frieze of tall openings with a distinctive deep inclining windowsill. The exterior gable stretches upwards to a spire finial in the form of a basket made from hyperbolic paraboloids, which holds the corresponding fruit coloured by Venetian glass.

The third type of window, in the central nave, resembles the previous example, especially with regard to the central elliptical hyperboloid of revolution, but in this case it is flanked by two small-

Finestrals d'una façana lateral dedicats als sants fundadors.

Lateral nave windows dedicated to the Founding Saints.

er, effectively circular, hyperboloids of revolution above the same four long openings which with the sloping sill complete the composition. The whole piece is supported by a triforium composed of an extraordinary composition of inclined columns more like balusters made entirely from hyperbolic paraboloids that wrap around the upper extreme of the side aisle vaults. Looking down the length of the triforium, the lower part of this window reminds one strongly of the corridors in Teresian schools. The elongated exterior pediment is also terminated in a spire like its lower neighbour, with a finial composed of the various surfaces that make up the roof. Letters forming the word '*Cloriam*' occupy the rounded stars that go around the top of the major elliptical opening. The original 1:10 scale models of the terminals to the pediments survive. Gaudí wished to decorate them with Venetian glass: grapes and ears of corn, terminating them with the chalice and the Host.

Study

Despite the fact that many original 1:10 models for all the windows have survived, rigorous study of the surviving elements has nevertheless been undertaken. There are also surviving drawings and

A la recerca d'un nou ordre

Investigació

Malgrat que es disposa extensament dels models originals a escala 1:10 de tots tres finestrals, s'ha portat a terme la investigació rigorosa de tots els seus elements. Es disposa, a més, de dibuixos i d'excel·lents fotografies publicades. Del més baix, foren els mateixos arquitectes que havien conegut Gaudí els que en realitzaren de nou els primers dibuixos i després n'aixecaren amb pedra sintètica els primers elements. Del de sobre la cantoria l'arquitecte neozelandès Mark Burry, que n'havia iniciat el dibuix com a becari de la Càtedra Gaudí en 1979-80, en féu el primer estudi a través de la informàtica. Aquesta iniciativa permetria ajustar les interseccions de cada hiperboloide amb correspondència a les formes estrellades originals, afinant les coordenades de cada punt a les hipèrboles en plena fidelitat amb l'original. Així és possible d'aconseguir la solució que lliga els punts comuns dels hiperboloides, que, altrament, només variant una centèsima de grau l'angle de l'asímptota, no fóra possible d'obtenir. Posteriorment estudià els de la nau central per determinar les coordenades de cada punt. Els diàmetres dels hiperboloides el·líptics i de revolució, mantenen les proporcions amb els inferiors: 1,5 × 3 m els eixos de l'el·lipse dels finestrals baixos i 2 × 4 m en els superiors.

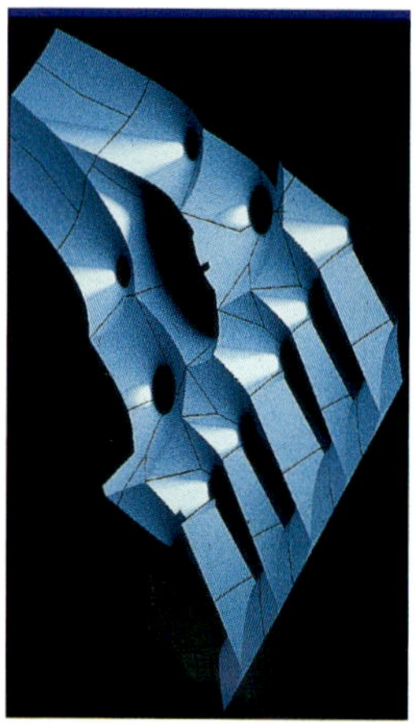

Dibuix per ordinador amb volum del finestral.

Computer drawing of the window volume.

Aquests finestrals s'allarguen pel transsepte i ressegueixen el conjunt del creuer, que és un gran quadrat de 30 × 30 m. Aquesta solució, que s'entreveia com la més coherent des del punt de vista plàstic i estructural, demanava precisar els retorns a cada un dels seus angles, i a més massissar-los. La troballa d'un fragment original de Gaudí, de la maqueta a escala 1:25, fou significatiu ja que ha permès assegurar la total fidelitat a la solució intuïda. És tal la racionalitat de l'estructura amb plena concordança amb la geometria que Gaudí plantejava, que aquesta troballa permet assegurar que s'acompleix la intenció gaudiniana de deixar les seves idees prou clares per tal que els seus successors poguessin seguir-les tot i que no disposaven de la totalitat del projecte original.

Research into a new order

excellent published photographs. For the lower sections, work was undertaken by the architects who had known Gaudí personally and who had recreated the drawings and subsequently built the first elements using artificial stone. For those over the choir, the New Zealand architect Professor Mark Burry began the analytical drawings in 1979-80, receiving a grant from the Construction Committee through the Càtedra Gaudí ("Gaudí Chair") in 1979-80, and went on to make the first studies using computers. This initiative allowed the adjustment between adjacent hyperboloids of revolution to correspond exactly with the original points, refining the coordinates of each point until all the hyperboloids of revolution made a faithful match with the original. Thus it was possible to find a solution that joined all the common points between hyperboloids of revolution which otherwise would only need to have the asymptote varied by a fraction of a degree for the result to be impossible to achieve. For the later study for the central nave the coordinates of each point were determined. The diameter of the elliptical and circular hyperboloids of revolution use the same proportions as the lower windows: the 1.5 × 3 m opening in the lower window is the equivalent of the 2 × 4 m opening for the upper window.

Façana lateral. En les traves dels baixants les paraules or, encens i mirra; almoina, oració i sacrifici.

Lateral nave façade. The words 'incense' 'myrrh', and 'gold' (in Catalan) appear on the rainwater down pipe brackets.

Les voltes de suport a la cantoria. Intersecció de diversos paraboloides.

Arches supporting the choir. Intersection of various paraboloids.

Darrerament, també ha aparegut la part del motlle de la part superior d'aquest finestral a escala 1:25. Això ha permès completar amb plena seguretat el que mancava. Cal dir que Puig i Boada, Quintana i Bonet i Garí foren capaços de reconstruir el model a escala 1:10, deixant diferenciada la part de què no disposaven, amb una honestedat digna de la seva estimació i el seu respecte per l'obra del mestre.

These windows continue around the transept and surround the crossing, a large square measuring 30 × 30 m. This solution comes across as the most coherent from the point of view of fluidity and structure, demanding precision and more massive structure for the returns at each of the angles between transept and nave or apse. The discovery of a fragment of Gaudí's original 1:25 scale model was very significant, as it has provided confirmation of the fidelity of the intuited solution. The combination of the rationalism of the structure, in complete concordance with the geometry that Gaudí planned, and the assurance that this discovery provides that Gaudí's intentions are sufficiently clear, mean that his successors can follow them despite the fact that not all the original project has been passed down.

Part of the 1:25 scale mould for the upper part of this window was also found recently. This has also provided the confidence to complete what remains to be done. It must be said that Puig i Boada, Quintana and Bonet i Garí were able to reconstruct these models at a scale of 1:10, differentiating the parts which had been lost with an honesty and dignity consistent with the esteem and respect in which they held Gaudí's work.

A la recerca d'un nou ordre

Les cobertes

Les primeres solucions

Gaudí estudià també a fons el conjunt de cobertes de la nau i el transsepte, que volia construir amb lloses de pedra de Montjuïc. "La coberta serà doble i les vull fer totes dues pètries."(27)

De la primera solució se'n conserva amb prou bon estat el modelet a escala 1:25 i se n'iniciaren els elements que donen a la façana interior del Naixement, que són del mateix model que la coberta dels trams del claustre del Roser i de Montserrat. Hi ha uns plans inclinats amb lloses de pedra de Montjuïc d'uns 4 o 5 cm de gruix amb filades horitzontals que fan 40 cm entre juntes i tenen uns 25 cm d'ample. Les voltes per aresta del claustre neogòtic hi donen suport. La solució definitiva diferencia plenament la coberta de les naus laterals de la de la nau central i no cal dir dels cimboris.

Coberta de les naus laterals

Aquesta solució, que va substituir la que s'exposava en els models de guix anteriors, està formada per una combinació de paraboloides hiperbòlics, resultat possiblement d'haver comprovat el bon comportament de l'edifici provisional de les escoles.

D'aquesta manera, es recobreixen amb lloses de pedra de Montjuïc, que en conformen la pell, els elements inclinats i de doble curvatura inferiors, damunt de les naus laterals, per tal de deixar el màxim d'entrada de llum pels finestrals de la nau central. La coberta està formada per voltes de maó de pla amb els diversos paraboloides que acondueixen les aigües pluvials cap als baixants disposats a façana. Uns edicles de forma piramidal que suporten les prolongacions de les columnes per damunt de 30 m amb obertures romboïdals protegides per uns paraboloides, deixen passar la llum natural a través dels collarins dels hiperboloides fins a l'interior del temple.

The roofs

The first solutions

Gaudí also studied the nave and transept roof in great detail and wanted to have them built from slabs of Montjuïc stone. "The roof will be double and I want them both to be made from stone." (27)

There is part of the first solution made at a scale of 1:25 which was in sufficiently good condition for elements that make up the interior of the Nativity Façade to be started from the same model showing the roof bays of the Roser and Montserrat cloister. Some inclined planes have 4-5 cm thick slabs of Montjuïc stone laid in horizontal layers measuring 40 cm between joints and 25 cm wide. The quoin vaults in the Gothic Revival cloister provide them with support.

The definitive solution fully differentiates the roof over the side aisle from that over the central nave and, of course, the domes.

Research into a new order

Fotografia original de la maqueta de les cobertes de la nau central, formada per paraboloides.

Original photograph of the model of the nave roof, composed entirely of hyperbolic paraboloids.

Gaudí estudià les llànties, que, penjades concèntricament d'aquests collarins i de forma d'hiperboloide, deixaran lliscar la llum entre les dues superfícies concèntriques, i, a la vegada amb vitralls a la seva part inferior, hi

Side aisle roof

This solution, replacing the earlier one, was demonstrated in the plaster models, and is formed from a combination of hyperbolic paraboloids which may possibly have resulted from comparison with the highly effective solution for the adjacent provisional school buildings.

In this manner, the side aisle roofs are covered with Montjuïc stone, which make a skin for the inclined elements and those below of double curvature, in order to let in as much light as possible enter through the central nave windows above the side aisles. The roof is composed of vaults made from brick laid on flat with the various hyperbolic paraboloids that conduct rainwater down towards the drainpipes arranged around the facade. Some pyramidal lanterns which support the prolongations of the columns above the level of 30 m with rhomboidal openings protected by some further hyperbolic paraboloids allow natural light to enter to the interior of the church through the collars of the hyperboloids of revolution. Gaudí studied lamps that match the hyperbolic geometry, which could be hung concentrically within the collars allowing light to glide between the two facing surfaces simultaneously with the lower surfaces being covered in coloured

donaran color. Els models originals es conserven a escala 1:10 i porten els símbols representatius de Jesús, Maria i Josep.

Cobertes de la nau central i transsepte

A la nau central, les coberters són una sèrie de piràmides —una a cada tram— acordades entre si i als frontons dels finestrals per grans paraboloides hiperbòlics. Les coronen uns edicles amb anagrames de la Sagrada Família i uns fanals que arriben a 70 m. Iconogràficament, s'escriu "*amen*" i "*al-le-lu-ia*" en cinc grans escuts parabòlics que recorden els campanars.

L'espai sota coberta de la nau central i transsepte assoleix gran altura i es divideix en uns pisos que es comuniquen per una escala de cargol. A cada tram, quatre columnes, continuació de les inferiors, hi donen suport. Tres lluernes ascendents per banda a cada tram, protegides per uns paraboloides, donen llum a l'interior. Les superfícies inclinades s'han de revestir de pedra amb un sistema semblant al que existeix a les cobertes de la Pedrera.

Els cimboris

Destaquen en el conjunt piramidal del temple el cimbori que, coronat amb la creu, representa Jesucrist a 170 m d'alçada, situat damunt del creuer. L'envolten uns altres quatre de 125 m d'alçada, el tetramorf, símbols dels evangelistes, i, damunt de l'absis coronat per una estrella, el que simbolitza la Mare de Déu. En el dibuix publicat cap el 1890 ja hi són, encara que amb línies neogòtiques. Amb els dotze campanars —quatre per façana, representatius dels apòstols— formen la visió exterior del temple.

Gaudí, a més de deixar clarament projectats els campanars de la façana del Naixement i definides les magnituds principals de la Passió i de la Glòria, va donar les línies generals envolupants dels cimboris del creuer i l'absis.

La forma i el detall d'aquests sis cimboris, volia definir-los després d'haver construït la sagristia, que cobria amb unes formes diferents de les dels

glass tinting the light. The original 1:10 scale models for these elements, bearing symbols for Jesus, Mary and Joseph, are conserved.

Central nave and transept roofs

The roofs over the nave are a series of pyramids –bay by bay– merged into each other and the pediments to the windows below by large hyperbolic paraboloids. These are crowned by a series of aedicules decorated with symbols of the Holy Family. Each pyramid is crowned by a lamp tower reaching seventy metres in height. Reminiscent of the bell tower finials, they bear a vertical line of five shields that are inscribed iconographically with the letters "*amen*" and "*al-le-lu-ia*".

The space above the central nave and transept vaults is very high and is divided into several floors connected by spiral staircases. In each bay are four structural columns, continuations of those below. Three skylights protected by hyperbolic paraboloid canopies are arranged vertically up the pyramids to provide natural light to the interior. The inclined external surfaces will be covered with stone in a manner similar to that of the roof of La Pedrera.

Pinacles amb els fruits de les bones obres decorats amb mosaic venecià.

Finials for the fruit representing 'good deeds', decorated with Venetian mosaic.

Els encofrats de polièster configuren les voltes de formigó.

Glass-fibre moulds composed of hyperbolic paraboloids that form the ceiling vaults for the level above the central nave. The reinforcement follows the generatrices.

The cupolas

The pyramidal assembly of the Sagrada Família is emphasised by the cupola crowned with a cross at 170 m representing Jesus Christ and situated over the crossing. It is flanked by four other cupolas, each 125 m high, representing the four evangelists. This group is flanked by a cupola over the apse crowned by a star symbolising Mary, Mother of God. In the drawing published in 1890 these elements were already in place, albeit in the Gothic Revival style. These combine with the twelve other towers representing the apostles, four for each façade, and together provide the distinctive character of the exterior.

Apart from leaving the bell towers of the Nativity Façade, Gaudí executed well-defined models for the Passion and Glory Façades and also gave the overall idea of the envelopes for the crossing and apse cupolas. He wanted to define the form and the detail of each of these six cupolas after having built the sacristies that are covered by a differing form that of the bell towers. This would allow him to experiment with the lower cupolas in order to resolve with confidence the technical challenges the great height of the principal ones would surely present.

A la recerca d'un nou ordre

campanars. Les volia utilitzar en els cimboris després d'experimentar-les i així resoldre millor els problemes que amb seguretat produiria la seva gran altura. Aquestes formes són el resultat d'acoblar uns fusos en paraboloide hiperbòlic que ressegueixen les generatrius, tot deixant un entramat de triangles harmònicament disposats. A més, Gaudí planejava construir una sagristia un cop enllestida la façana del Naixement. Fins i tot l'inici proposat per a l'any 1936, quedà frustrat per la guerra civil. Dels cimboris n'havia parlat sovint i per això se'n conserven idees i comentaris. La capella de la Colònia Güell li serví per provar el resultat de les voltes de doble curvatura i de les columnes inclinades:

> "Aquesta obra fou, doncs, l'experiment previ de la nova arquitectura; la capella superior hauria esdevingut una monumental maqueta de les naus i cimboris del Temple Expiatori; per això em dolia tant que no me l'haguessin deixada acabar."(28)

També definí com:

> "El cimbori és l'exaltament del temple. Té vida exterior i interior, ha de donar llum a l'altar; ja que el creuer és el lloc més fosc del temple, damunt d'ell ha d'haver-hi el coronament de l'edifici per accentuar la forma piramidal."(29)

I ho completava dient:

Estructura de formigó del transsepte contra els sismes i el vent.

Concreting the anti-seismic and wind-resisting structure for the transept.

> "El cimbori foradat de dalt a baix no té raó d'ésser, ja que per a veure la seva alçada s'han d'aixecar els ulls, perdent l'horitzó (que és el pla de comparació) i, per tant, es perd també tota noció de mida i de situació."(30)

Research into a new order

These forms are the outcome of coupling spindles into hyperbolic paraboloids which cross their generatrices, leaving a mesh of harmoniously-organised triangles. Gaudí also planned to build a sacristy as soon as the Nativity Façade was finished. However, the start of the Civil War made it impossible to even begin this work, planned for 1936. Gaudí talked about the cupolas frequently, which is why his ideas and commentaries are conserved today. The Colonia Güell served to prove the effectiveness of vaults of double curvature supported by inclined columns.

"This project was preliminary experiment in the new architecture, and the upper level chapel was to have provided a monumental model for the nave and cupolas of the Expiatory Church, which is why it grieves me so that they did not let me leave it finished." (28)

He further stated that:

"The cupolas are the exaltation of the church. They have both exterior and interior life and throw light onto the altar, bearing in mind that the crossing is the darkest place in the church, above which there has to be the crowning element for the building, emphasising its pyramidal form." (29)

Finally, Gaudí said that:

A la recerca d'un nou ordre

Així cal dir que aquests elements tan importants, perquè seran la culminació visual del temple, en l'aspecte piramidal, l'envolupant parabòlica i el cimal figuratiu de cada un en conjunt, han d'aparèixer com a semblants estructuralment i plàsticament a les sagristies. És quelcom que Gaudí deixà conscientment en mans dels seus successors, encara que fortament condicionat per complimentar la seva voluntat que fossin fidels a les seves idees generals. Per això és bo recordar com sovint parlava dels seus successors:

> "Ja sé que el gust personal dels arquitectes que em succeexin influirà en l'obra, però això no em dol; trobo que encara beneficiarà el Temple. Marcarà la varietat dels temps dintre la unitat del pla general."(31)

Amb els elements que tenim, no és fàcil d'aixecar aquests cimboris. Per això està programat de construir una sagristia tan aviat com sigui possible, és a dir, una vegada closes les voltes que cobriran la superfície del temple, per a poder-lo utilitzar, tal com és desig del cardenal arquebisbe de Barcelona.

El projecte de les sagristies ja està a punt, els càlculs estructurals, fets, i en l'espai d'uns tres anys podrien construir-se, i, a partir d'aquesta experiència, semblantment com ho hauria fet Gaudí, madurar i avançar en el projecte dels cimboris. Una feina llarga sens dubte, per la seva magnitud i per les col·laboracions que demanarà amb altres artistes plàstics i en la qual caldrà plantejar-se noves tecnologies, no únicament de construcció, sinó d'il·luminació, de transport vertical, d'acústica, etc., i que a més caldrà realitzar a una alçada notable —cent metres per damunt de les voltes—, amb uns espais reduïts de maniobra. Un repte que demanarà coratge, iniciativa i sobretot voluntat per part del poble, que és el que realment basteix la nova catedral de Barcelona, "el Temple de la Catalunya actual"(32), tal com li agradava de dir a Gaudí.

"The cupola perforated from top to bottom has no purpose, as you have to raise your eyes to see its height, losing the horizontal (which is the plane of comparison) and, as such, all sense of measurement and location."(30)

It can therefore be affirmed that these especially important elements, being the visual culmination of the church, with their pyramidal form parabolically wrapped, their figurative peaks for each assembly, have to assume the structural and plastic qualities of the sacristies. This is something that Gaudí consciously left in the hands of his successors, on the condition that they should respect his wishes by being faithful to the general ideas. It is therefore worth recording that he often spoke with his collaborators since:

> "I know that the personal taste of the architects that follow me will influence the work, but this does not bother me. In fact, I think it will benefit the church, showing changing times within the unity of the general scheme." (31)

Research into a new order

Even with the elements we have, it is not going to be easy to build these cupolas. For this reason, the construction of the sacristies is programmed to commence as soon as possible. This will be after

Els quatre campanars de la façana de la Passió, finalitzats per la segona generació d'arquitectes posterior a Gaudí.

The four bell towers for the Passion Façade, completed by the second generation of architects which succeeded Gaudí.

Diu Puig Boada que: "Plantejant tots els problemes a l'origen, ha incorporat a l'arquitectura l'estructura vegetal, el moviment animal i la geometria de les cristal·litzacions minerals, és a dir, l'essència de la creació." (33)

all the ceiling vaults that cover the body of the church are closed so that the church can be used, in accordance with the wishes of Archbishop Cardinal of Barcelona.

The project for the sacristies has already been drawn up, the structural calculations are complete and could be built in the space of three years. From this experience, the project for the cupolas will mature and advance, just as would have occurred under Gaudí. This will be, without doubt, a huge task, due to the size of the sacristies and to the collaboration which will be required from other plastic artists, to plan with new technologies, not only for construction but also for lighting, vertical transport, acoustics, etc. Moreover, the work will have to be done at a considerable height, 100 m above the ceiling vaults with little room for manoeuvre. This is a challenge requiring courage, initiative and, above all, the will of the people, those who are really building Barcelona's new cathedral, "the church of present-day Catalonia" (32) as Gaudí liked to say.

Puig Boada states that: "taking all problems back to their origins, botanical structure, animal movement and the geometry of mineral crystals, that is to say, the essence of Creation, are incorporated into the architecture."(33)

A la recerca d'un nou ordre

Les sagristies

Antecedents i visió general

Aquests edificis auxiliars, que tanquen els angles de la façana que dóna al carrer de Provença, no únicament estan destinats a sagristies, sinó a serveis diferents en el futur d'acord amb les necessitats pastorals, socials i d'habitatge dels custodis del temple. Enllacen els trams del claustre que envolta el temple, comuniquen directament amb l'absis, la cripta i el carrer. També passaren per la solució neogòtica, amb uns volums a tres nivells primer de planta quadrada, per finalitzar amb un cimbori vuitavat, amb pinacles triangulars.

Entre el 1919 i el 1920, segons Puig Boada, es féu la nova versió que Gaudí volia que li servís d'experimentació per als cimboris. Els dibuixos generals del conjunt es modificaren d'acord amb l'aspecte que mostrava la maqueta i fins i tot se n'esculpí la planta en una pedra en la qual els dotze fusos parabòlics que la conformen hi queden ben dibuixats. Puig Boada, que es féu càrrec de reproduir-ne tots els plànols, pensant que aquesta pedra havia desaparegut, els reféu després que fou trobada, en denotar la diferència amb l'original, malgrat que era ben petita (uns 30 cm en un edifici de 20 × 18 m).

L'estructura

Amb una planta inscrita en un quadrat de 20 × 20 m cada sagristia s'uneix a tres trams de claustre per costat. Gaudí projectà un nivell de semisoterrani amb obertures similars a les de la resta del claustre ja construït amb murs inclinats i obertures allargades. A nivell general del temple hi ha l'espai destinat pròpiament a sagristia, malgrat que separat del pas del claustre. Més amunt s'aixequen diverses plantes, amb possibilitat fins i tot de subdivisió per la seva alçada notable, a les quals donen suport vuit columnes inclinades que aguanten les voltes dels pisos. Una escala exterior les comunica entre si i amb la cripta i el nivell general del temple, amb espai per a un ascensor en el seu eix.

The Sacristies

Background and overall vision

These auxiliary buildings, which close the angles of the front giving onto Carrer de Provença, were not only destined for use as sacristies, but also for the provision of pastoral and social services and accommodation for the church custodians. They link the cloister bays that surround the church, and communicate directly with the apse, the crypt and the street. They also stem from a Gothic Revival solution passing through three levels starting from a square plan and finishing with an eight-sided cupola, with triangular pinnacles.

Between 1919 and 1920, according to Puig Boada, work continued on the new version of the sacristy, which Gaudí wished to use as the experimental model for the bell towers. The drawings were modified in accordance with the model to a point where the plan was engraved in stone. In this engraving the twelve parabolic spindles that make up the form are clearly present. Puig Boada undertook the task of reproducing all the drawings, thinking that this stone had disappeared. He

Research into a new order

Maqueta original de la sagristia formada per paraboloides amb la mateixa modulació de la resta del temple.

Original model for the Sacristies made from hyperbolic paraboloids with the same modulation as the rest of the church.

Les voltes s'articulen en una bella combinació d'hiperboloides que recullen el massís de les columnes en el seu collarí i s'obren a la part superior, amb paraboloides intercalats i que formen una combinació estrellada octogonal. Les línies de pressions coincideixen amb la inclinació de les columnes. Cada planta és diferent en la forma de combinar les voltes que s'entreguen amb seccions parabòliques a la forma cupular que constitueix la coberta. A la darrera planta, un gran hiperboloide central obert deixa pas a l'escala que comunica amb la part més alta de la construcció.

drew them up again after the original was found and differences between versions were noted, though only a small discrepancy (some 30 cm in a building measuring 20 × 18 m).

The structure

The plan is inscribed in a 20 × 20 m square. Each sacristy joins three bays of cloister on each side. Gaudí planned a semi-subterranean level with openings similar to those in the rest of the cloister, already built, with inclined walls and extended openings. At the general level of the church there is space for the sacristy proper, although it is separated from the cloister. Further up there are, several more floors the possibility of subdividing the space provided by their considerable height, supported by eight inclined columns which sustain the ceiling vaults to each floor. An external staircase links the crypt with the church's floor level, with space for a lift in its centre.

The vaults articulate a wonderful combination of hyperboloids of revolution that gather together the mass of the columns to their collars and open at their upper part, with interlacing hyperbolic paraboloids forming a combination of octagonal stars. The lines of force coincide with the inclina-

A la recerca d'un nou ordre

La coberta

Gaudí plantejà amb aquesta forma cupular un element singular fruit del seu gran coneixement de la geometria de l'espai i de les seves possibilitats.

A partir de dotze fusos de paraboloide hiperbòlic, aconsegueix en acoblar-los l'obtenció d'unes interseccions que reforcen el conjunt i li donen l'envolupant cupular que clou l'espai interior. Les generatrius que conformen en els dos sentits cada paraboloide, s'enllacen amb unes traves horitzontals tot formant una combinació de trama triangular de proporcions lligades com en altres llocs per la unitat, la meitat i dos terços, i amb una sèrie definida per un mòdul de 15/35 m. Uns pinacles rematen les arestes a quatre altures diferents tot disminuint el seu volum escalonadament.

Amb els dibuixos originals publicats i uns fragments de la maqueta sortosament recuperats, ha estat possible que a l'Escola d'Arquitectura de Sant Cugat del Vallès es dibuixés el conjunt amb tot detall, perquè després Margarit i Buixadé calculessin l'estructura d'acord amb la normativa actual. Les tensions que suporta són perfectament assumides pel dimensionament que Gaudí establí fa gairebé vuitanta anys.

Els materials que serviran per a la construcció tal com Gaudí projectà seran prefabricats de formigó a les columnes. Les voltes es construiran per mitjà d'encofrats tal com s'ha fet a les naus laterals. El revestiment d'obra vista de la pell de la coberta i els pinacles de pedra i alguns vidres venecians ho decoraran.

tion of the columns. Each level is different in the way that it combines the vaults that are joined together using parabolic sections within the overall dome form of the roof.

There is a large hyperbolic paraboloid with a central opening on the top level allowing the stairway to communicate with the highest part of the structure.

The roof

Gaudí planned this dome form as a singular element. It was the fruit of his deep understanding of spatial geometry and all its possibilities.

At their springing, the dozen hyperbolic paraboloid 'spindles' are unified by intersections that strengthen the assembly and provide the cupola envelope that closes the interior space. The generatrices forming each hyperbolic paraboloid in both directions are joined together by horizontal ties forming a triangular weft with proportions linked with other parts of the building: the unit, two thirds, and half in a series defined by a 15/35 m module. The pinnacles terminate the edges at four different heights reducing in volume step by step.

Research into a new order

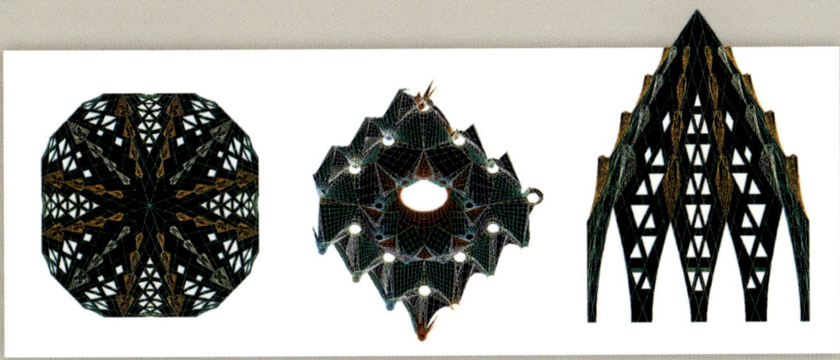

Dibuix per ordinador de la planta, alçat i perspectiva interior de la sagristia.

CAD drawing of the plan, elevation and perspective of the Sacristy.

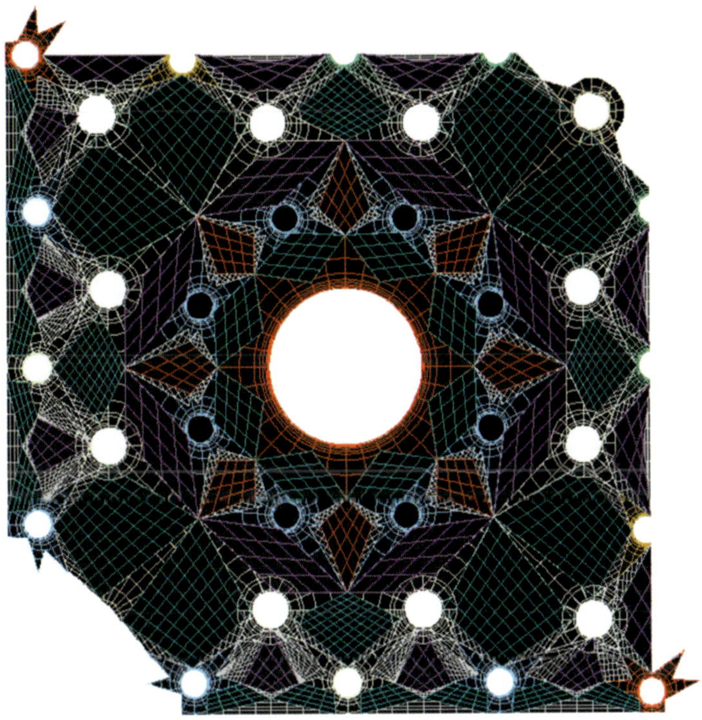

escala 1:200

Architects at the Sant Cugat del Vallès School of Architecture were able to work with the original published material and the surviving models to draw the whole assembly in complete detail. Margarit and Buixadé calculated the structure required to conform with current regulations. The loads were perfectly assimilated within the dimensions Gaudí had established more than eighty years earlier.

The construction components, as Gaudí envisaged, will be prefabricated from concrete in the same way as the columns. The vaults like the side aisles, which are already finished, will be built from in situ shutters. The covering of the exterior visible surfaces and the pinnacles will be made from stone with decoration using Venetian glass.

A la recerca d'un nou ordre

Modulació general

La recerca

Quan ja s'havia arribat a descobrir el camí seguit per Gaudí per trobar explicació a les diferents figures dels nusos, que són geomètriques, o si es vol escultures abstractes, un dia, en fer-se'm la pregunta sobre les mesures fonamentals del temple, es produí la sorpresa de comprovar que la modulació UNITAT, MEITAT, DOS TERÇOS dels el·lipsoides coincidia amb els 90 m, 45 m i 60 m que tenen la longitud entre l'absis i la testera del temple, l'amplada de la nau i el transsepte.

Aquestes mesures coincideixen també amb les mateixes proporcions de la secció transversal: 60 m d'alçada de les voltes del creuer, 45 m a la nau central i 30 m a les laterals.

I encara més, els diàmetres de les columnes mantenien entre si la mateixa relació: les 4 grans columnes del creuer tenen un diàmetre de 2,10 m, que és el doble de les més petites de suport de les cantories i les naus laterals, d'1,05 m de diàmetre, i les de la nau central, d'un diàmetre d'1,40 m, és a dir, 2/3 de 2,10 m. Aquesta mateixa relació es continuava en la secció transversal de les naus laterals de 30 m (1) d'alçada, els 20 m (2/3) de la part superior de la graderia de les cantories i els 15 m (1/2) de la seva part inferior. També en els diàmetres dels collarins dels hiperboloides de les voltes, que tenen 60, 80 i 120 cm; en les columnes intermèdies de les naus laterals, de diàmetre 105 a la part inferior i 52,50 cm a la part superior, i els 157,5 cm del costat del rectangle que les origina i d'on surten les quatre columnes que arriben a les voltes. Més encara, les macles de pentàgon i quadrat de 52,5 cm de costat s'inscriuen en circumferències de 52,5 i 70 cm de diàmetre respectivament i provenen dels 105 cm de diàmetre de la circumferència que les macla. Una altra vegada sorgeixen les mateixes proporcions: la unitat, dos terços i la meitat.

Research into a new order

General modulation

The research

Once the path that Gaudí had followed was uncovered, providing explanations for the different figures for the knots –whether they were geometrical or abstract sculptures– I found myself one day wondering about the fundamental measurements of the church, and was surprised to find that the modularity of WHOLE, TWO THIRDS and HALF within the ellipsoids coincided with the 90, 60 and 45 m that are the measurements for the length of the narthex to the apse, the width of the transept and the width of the nave respectively. These measurements also coincide with the same proportions in the cross section: the vaults beneath the crossing are 60 m high, those beneath the central nave are 45 m, and those below the side aisle are 30 m.

Furthermore, the diameter of the columns keep the same relationship: the four great columns beneath the crossing have a diameter of 2.10 m, which is double the smallest which support the choir and side aisle at 1.05 m, and those of the central nave at 1.40 m, that is to say, two thirds

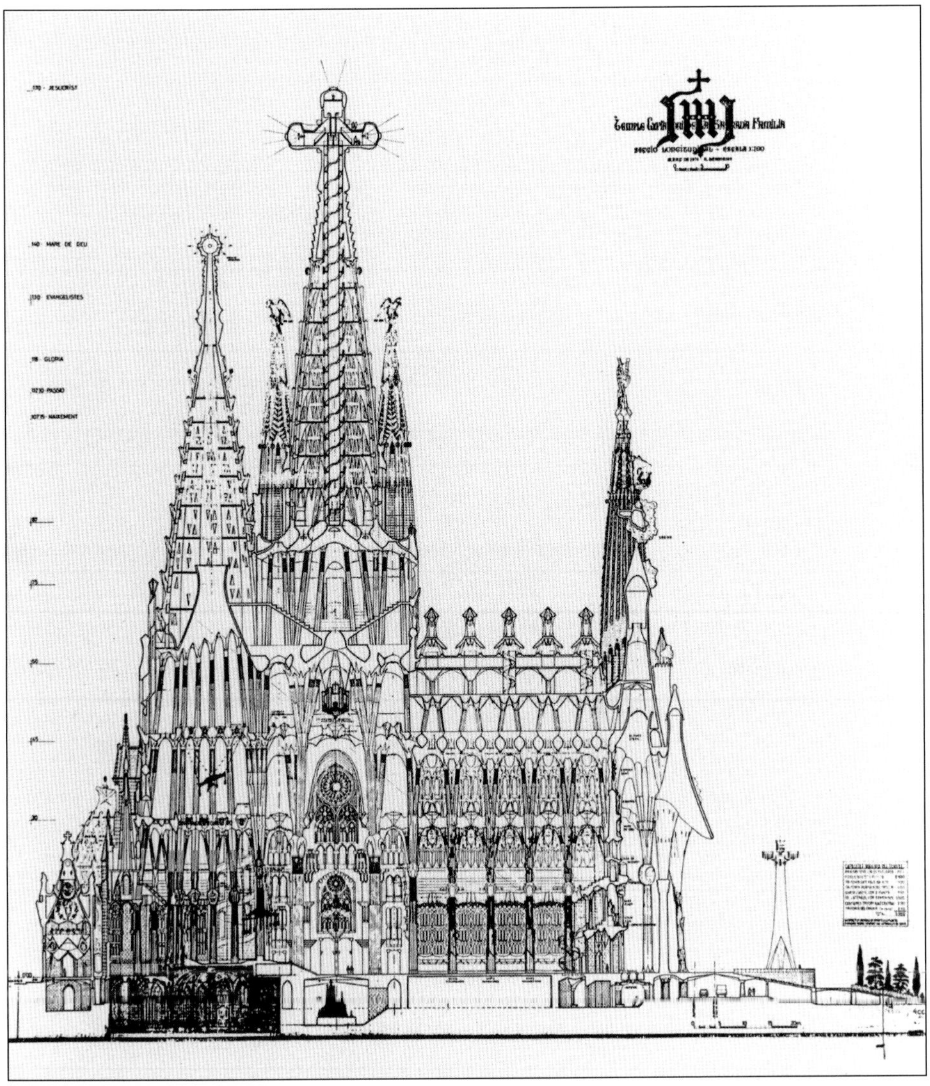

Secció longitudinal del temple.

Longitudinal section through the church.

També passa el mateix amb els finestrals. L'el·lipse principal té l'eix major a 3 m en el de la nau lateral, a 4 m en el de la nau central, dobles del menor (1,5 m i 2 m), i l'alçada de les obertures inferiors és de 2/3 (1,33 m). El mateix passa entre l'eix menor de l'el·lipse i dels òculs circulars, que tenen diàmetres de la meitat de l'eix menor en els dos dels finestrals de la nau central i el mateix en els de la façana.

of 2.10 m. This same relationship continues in the cross section of the side aisle at 30 m in height (the unit), the 20 m to the higher part of the terraced choir (two thirds), and 15 m to the lower part of the choir (one half). The diameters of the collars of the hyperboloids in the vaults also have the same proportions of 120, 80 and 60 cm. The intermediate columns for the side aisle, which have a diameter of 1.05 m at the lower part, and 52.5 cm higher up, and 1.575 cm for the rectangle from which they originate and provides the base for the four columns reaching up to the vaults. The macles of the pentagon and square each have 52.5 cm sides inscribed within circumferences of 52.5 and 70 cm diameter respectively, and lead to the 105 cm diameter of the circumference of the macle. Yet again the same proportions emerge: the whole, two thirds and the half.

This can also be seen with the windows: the principal ellipse has a major axis which measures 4 m, while that of the side aisle has 3 m, double that of the minor axes (2 and 1.5 m respectively). The same occurs between the minor axis of the ellipse and the circular occuli, which have dimensions of half this, and in the two in the central nave. The same is also true of those of the façade.

A la recerca d'un nou ordre

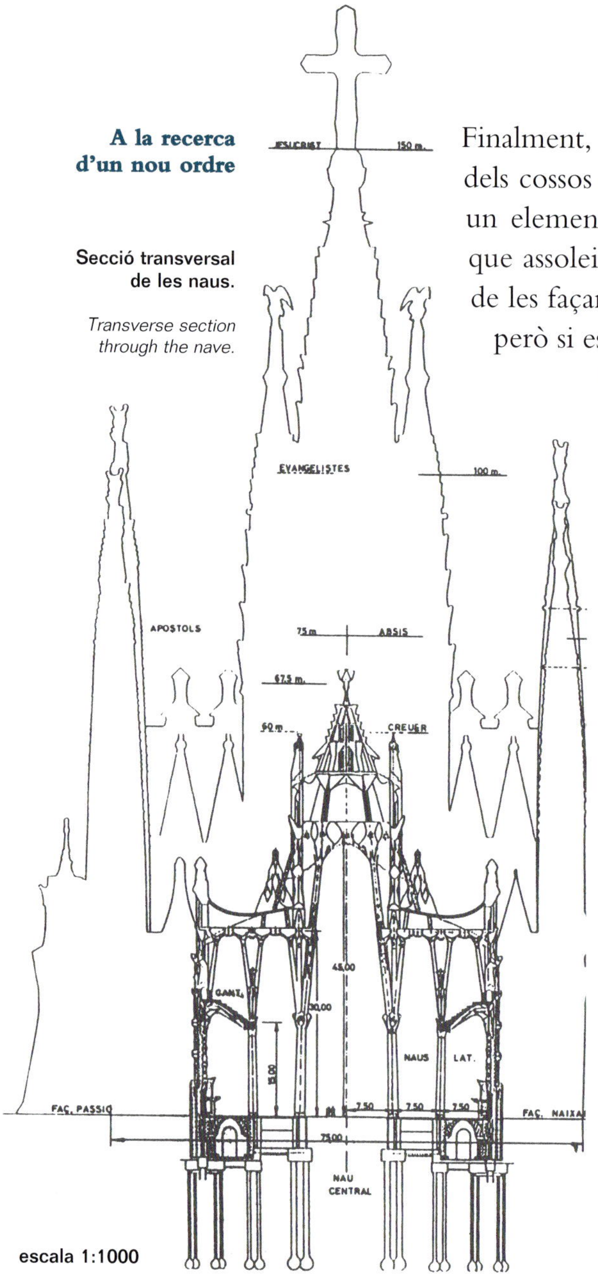

Secció transversal de les naus.

Transverse section through the nave.

escala 1:1000

Finalment, la mateixa proporció existeix entre les alçades dels cossos de campanars i cimboris. Tots estan formats per un element principal i una agulla terminal que els acaba, que assoleix 25 m d'altura. El cos principal dels campanars de les façanes de llevant i ponent tenen una altura diferent, però si es calcula en 75 m en resulta una altura mitjana de 100 m per campanar. El cimbori principal assoleix 150 m més els 20 m de la creu final. En els dedicats als evangelistes, el cos principal té 100 m d'alçada. Les proporcions entre ells són tambe les mateixes: cimbori de Jesucrist 150 (1), cimbori dels evangelistes, 100 m (2/3) i campanar dels apòstols, 75 m (1/2).

Estudiada la maqueta de volums de la façana de la Glòria, els diferents cossos que coronen els hiperboloides mantenen en alçada i en diàmetre les mateixes proporcions esmentades de la unitat, dos terços i la meitat i, naturalment, també en els diàmetres de les corresponents agulles en forma d'hiperboloides que clouen uns cons, de les mateixes proporcions. Gaudí treballava en totes aquestes tasques a través de la llarga experiència recollida a totes les seves obres. El Temple de la Sagrada Família era el lloc on cada fita assolida havia de manifestar-se amb tota seguretat i esplendidesa. Una tasca en què la superació és gradual i l'avanç que s'assoleix esdevé harmònic amb el que s'havia fet anteriorment.

Finally, the same proportions exist between the heights for the bodies of the bell towers and the cupolas. They are all formed from the same principal element with a spire as a termination, measuring 25 m in height. The central bodies of the Nativity and Passion front bell towers are of different heights, but they approximate at 75 m with a resulting overall height of 100 m. The proportions between them are the same: the cupola dedicated to Jesus Christ reaches 150 m, 170 m taking into account the central cross. The proportions between them are also the same: the Jesus Christ Cupola 150 m (1), that of the Evangelists 100 m (2/3), and the Apostles' bell tower 75 m (1/2).

The volume in the models of the Glory Façade were also studied, showing that the different bodies that crown the hyperboloids of revolution maintain in height and diameter the same proportions described –whole, two thirds, half. Needless to say, moreover, the same proportions are found in the diameters of the corresponding spires in the form of hyperboloids of revolution which are closed by cones of the same proportions.

Research into a new order

In completing these tasks, Gaudí brought to bear long experience gained from all his works. The Sagrada Família Church was the place where his each and every achievement should show itself in

Estudi original de Gaudí de la maqueta de la façana de la Glòria.

Model of the Glory Façade. Original study by Gaudí.

Bergós havia escrit en el seu llibre *Gaudí, l'home i l'obra* que les mesures de tots els elements del temple "formen una escala harmònica de proporcions senzilles, basada en el mòdul de cinc metres, però amb algunes excepcions degudes a exigències de plàstica exterior."(34)

En part pot ser vàlida aquesta opinió, però els resultats obtinguts de l'estudi aprofundit que ara demanava el fet d'haver-ho d'executar i construir ha permès conèixer molt més del que fins ara s'afirmava. Hi ha una modulació geomètrica que engloba tot el temple.

Martinell havia escrit: "la intuïció és pròpia de l'escultor; la geometria, de l'arquitecte".

Sèries i proporcions

El professor Claudi Alsina —besnét d'un col·laborador de Gaudí, el constructor de la Casa de los Botines a Lleó—, interessat per les proporcions i la modulació general del temple, com a matemàtic ha estudiat les possibles motivacions amb què Gaudí plantejava les mides generals del

all its solidity and splendour. This was an undertaking in which improvements were made gradually and the progress made was in perfect harmony with the master's earlier work.

In his book *Gaudí, l'home i l'obra*, Bergós wrote that the measurements of all the elements of the church "form a harmonic scale of simple proportions, based on a module of 5 m but with some exceptions due to the artistic requirements of the exterior". (34)

This opinion is probably valid in part, but the results of the in-depth study demanded by having to build the church has meant that much more is now known about the proportions than was known previously. There is a proportional system that encompasses the whole building.

Martinell wrote: "intuition is the sculptor's domain, geometry the architect's".

Series and proportions

Professor Claudi Alsina –great grandson of one of Gaudí's collaborators, the builder of the Casa de los Botines in León– interested in the general proportions and modularity of the church, has carried out a mathematical study aimed at discovering the possible bases on which Gaudí planned the general dimensions of the Sagrada Família Church and the relations between them, taking as his

A la recerca d'un nou ordre

Temple de la Sagrada Família i les relacions entre elles a partir d'uns comentaris i converses mantingudes amb els actuals arquitectes i col·laboradors de l'obra.

A partir del sistema tradicional emprat des de segles a Catalunya, que se servia del número dotze, ja que així és fàcil dividir per 1, 2, 3, 4 i 6, observà que els 90 m de llargada de l'interior del temple, en dividir-los por dotze, donaven els 7,5 m de l'intercolumni de les naus.

Així, hem anat relacionant bona part de les mides amb múltiples i divisors d'aquestes xifres, que s'han completat posteriorment i que són fraccions: 1/4, 1/3, 1/2, 2/3, 3/4 i 1.

Apareixien també unes sèries que, si bé eren significatives, ho eren més per la curiositat que per cap altre motiu. Aquestes sèries, però, es relacionen amb els múltiples i divisors de 12, i relacionen tant diàmetres de columnes entre si com els dels collarins dels hiperboloides o els diàmetres dels el·lipsoides, etc., que val la pena d'exposar. En els diàmetres de les columnes, apareix la sèrie de base 35 cm i divisors.

210	175	140	105	70	35	17,50
6/6	5/6	4/6	3/6	2/6	1/6	1/12
1	2/3	1/2	1/3			

La de les alçades dels campanars i cimboris de base 25 m també en sèrie divisible per 6:

150	125	100	75	50	25
6/6	5/6	4/6	3/6	2/6	1/6

Research into a new order

starting-point comments by and conversations with the architects and collaborators in the building.

Apart from the traditional system employed over the centuries in Catalonia, based on the number twelve due to its ready divisibility by 1, 2, 3, 4, and 6, he observed that the 90 m length of the building can be divided by twelve, giving 7.5 m, which is the intercolumniation of the nave.

Thus, we have gradually related a good many of the dimensions to multiples and divisions of these figures, which have lately been confirmed as fractions: 1/4, 1/3, 1/2, 2/3, 3/4, and 1.

A number of other series also appeared which, though significant, were so due to their curiosity more than anything else. These series, however, are related to multiples and divisions of twelve, and relate both the column diameters and those of the collars of the hyperboloids of revolution or of the ellipsoids, etc. This merits illustration:

The series based on 35 and divisions thereof appear in the diameters of the columns.

210	175	140	105	70	35	17/50
6/6	5/6	4/6	3/6	2/6	1/6	1/12
1		2/3	1/2	1/3		

Campanars dels sants Simó i Bernabé. En els terminals Gaudí se serví del formigó armat (1925).

Bell towers dedicated to Saint Simon and Saint Barnabas. Gaudí used reinforced concrete for the finials in 1925.

The heights of the towers and the cupolas are also in a series divisible by six:

150	125	100	75	50	25
6/6	5/6	4/6	3/6	2/6	1/6

In the measurements of width, longitude and height of the nave, the base number is fifteen and follows with its dividers:

90	75	60	45	30	15	7.5	3.75	1.875
Length of naves	Height of vaults apse	Height of vaults crossing and whit transept	Height of central nave and whit nave	Height of sides aisles and whit transept	Intermediate columns nave height of choir and widht of central nave	Intermediate columns nave	Intermediate columns apse	Height of capital choir

A la recerca d'un nou ordre

En les mides d'amplada, longitud i alçades de les naus, la base és 15 m i segueix en els seus divisors:

90	75	60	45	30	15	7,5	3,75	1,875
Long. naus	Alt. volta de l'absis	Alt. volta creuer i amplada transsepte	Alt. nau central i amplada naus	Alt. naus laterals i amplada transsepte	Intercolum. nau Alt. cantoria i amplada nau central	Intercolum. naus	Inter. absis	Alt. capitell cantoria

Aplicació a l'estructura arborescent

La distribució de mides del conjunt del temple, i sobretot de l'estructura arborescent, requereixen una modulació que té primer una trama general en les tres dimensions de planta, secció longitudinal i transversal i després les mides de columnes i voltes hi queden ben relligades:

-Planta: ja són ben conegudes la llargada, 90 m; el transsepte 60 m per 30 m del total d'amplada, i els 45 m de la nau principal, 22,5 m l'absis i 37,50 m la nau.

-Secció transversal: l'alçada de la cantoria és de 15 m; la de les voltes naus laterals de 30 m i la nau central té 45 m.

-Secció longitudinal: l'alçada de la nau central és de 45 m, el creuer fa 60 m i el collarí hiperboloide de l'absis, 75 m.

A les voltes laterals l'alçada de 30 m es compon de forma diferenciada a les naus de façana en què hi ha la graderia de la cantories i a les que flanquegen la nau central.

En el quadre de la pàgina 126 hi queden en bona part reflectides aquestes proporcions.

La gran complexitat d'elements i de formes diferenciades des de l'absis a la façana de la Glòria no ha permès encara de donar una explicació completa

Application to the arboreal structure

The distribution of dimensions for the whole of the church and above all for the arboreal structure requires modularity. Firstly, there is a general bay in the three dimensions in plane, longitudinal and transverse section. Next the dimensions of the columns and vaults are equally well linked one to another.

–Plan: The following dimensions are well-known: length, 90 m; transept, 60 m by 30 m of the total width; central nave, 45 m for the central nave; apse, 22.5 m; and nave 37.5 m.

–Transverse section: heights: choir, 15 m; side aisle vaults, 30 m; central nave, 45 m.

–The height of the longitudinal section: 45 m - the central nave; 60 m - the crossing, 75 m – the centre of the collar for the apse hyperboloid of revolution.

For the lateral vaults the height is 30 m and there is a different composition from the façade aisles as they have tiers of seats in the choirs where they flank the central nave.

Research into a new order

These proportions are broadly reflected on page 126.

The complexity of different forms and elements from the apse to the Glory Façade mean that it

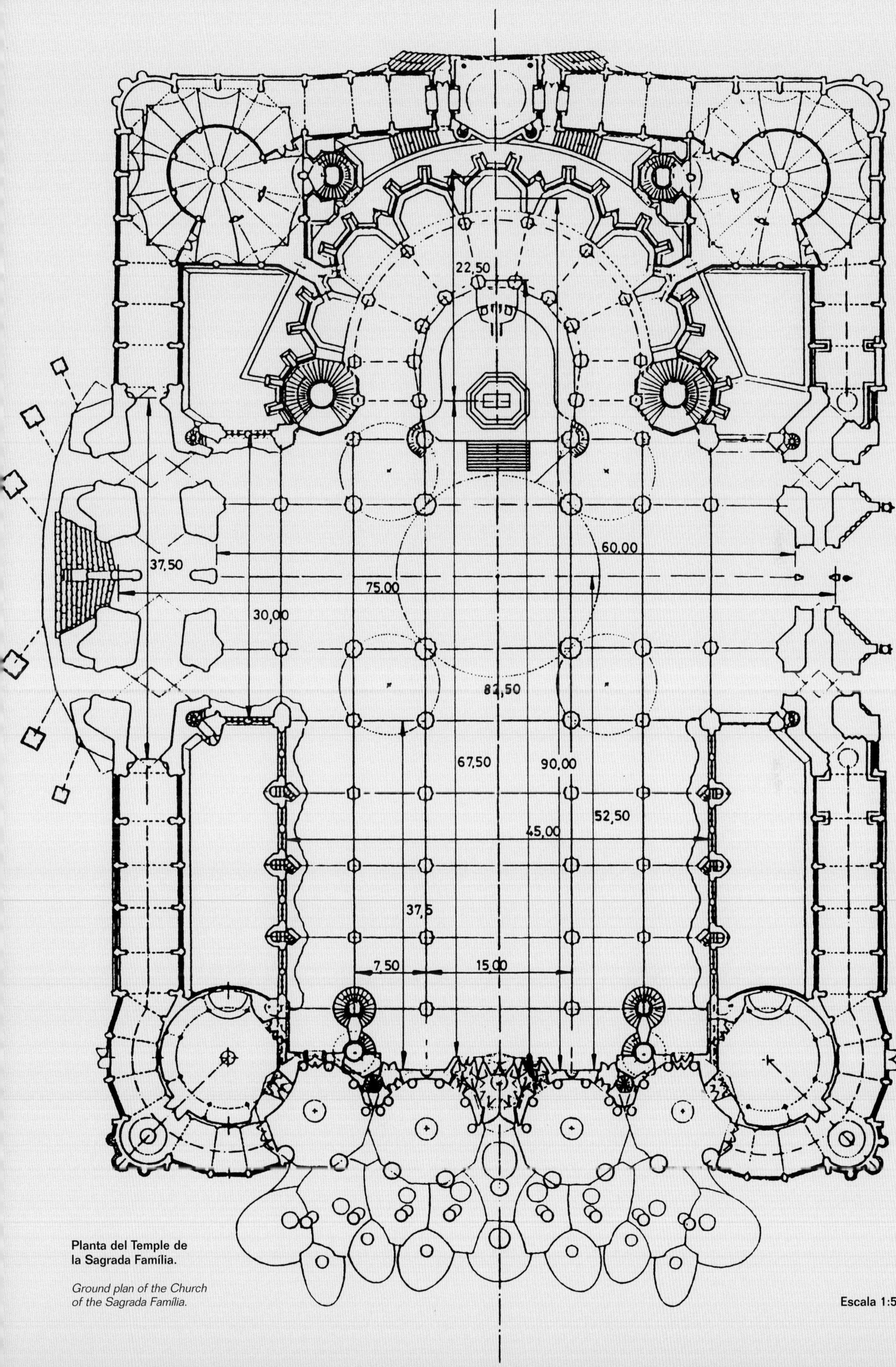

Planta del Temple de la Sagrada Família.

Ground plan of the Church of the Sagrada Família.

Escala 1:500

A la recerca d'un nou ordre

i coherent a tots els detalls del Temple de la Sagrada Família. És una tasca llarga que demana preparació, esforç i dedicació continuada. Manca encara la restauració de maquetes, que es va fent a mesura que l'obra ho demana i els recursos econòmics ho permeten.

	1	2	3	4	5	6	7	8	9	10	11	12
	12	11	10	9	8	7	6	5	4	3	2	1
	LONGITUD	ENTRADA A ABSIS	PORTAL NAIX. PASSIÓ	ENTRADA ARC TRIOMF	TRANS-SEPTE	ENTRADA A CREUER	AMPLADA NAUS	LONGITUD NAU	CREUER	ABSIS	NAU CENTRAL	NAU LATERAL
EIXOS	90	82.5	75	67.5	60	52.5	45	37.5	30	22.5	15	7.5
	12/12	11/12	10/12	9/12	8/12	7/12	6/12	5/12	4/12	3/12	2/12	1/12
	6/6		5/6		4/6		3/6		2/6		1/6	
	4/4			3/4			2/4			1/4		
	3/3				2/3				1/3			
	2/2						1/2					
	210	192.5	175	157.5	140	122.5	105	87.5	70	52.5	35	17.5
COLUMNES	Dodecàgon		Decàgon		Octàgon		Hexàgon		Pentàgon	Quadrat	Claustre	Claustre
	3		2		2		2		1	1	1	
HIPERBÒLID FINESTRALS	180	165	150	135	120	105	90	75	60	45	30	15
ALTURA VOLTES			75 absis		60 creuer		45 nau central		30 nau lateral		15 cantoria	7.5 claustre

Mesures i proporcions del Temple de la Sagrada Família.

Measurements and proportions of the Church of the Sagrada Família.

Darreres troballes

La troballa d'una fotografia de l'arxiu Sugrañes, el juliol del 1997, gràcies a una recerca de Josep Gómez Serrano i Ramon Espel, ha confirmat que l'aplicació raonada del procés de disseny de Gaudí porta lògicament a resultats positius. Es tracta de la fotografia de la maqueta 1:25 del transsep-

is not possible to provide a complete and coherent explanation of all the details of the Sagrada Família Church at this stage. This is a long task requiring preparation, effort and continuous dedication. The relevant models have still to be restored, a task being carried out as required by the work and when economically feasible.

Recent findings

In July 1997, a photograph was found in the Sugrañes Archives thanks to the research of Josep Gómez Serrano and Ramon Espel. This confirms that Gaudí's reasoned design process logically leads to positive results.

The photograph of the 1:25 scale model shows the transept and the central nave facing the Nativity Façade. This model occupies part of the space where models were on show to visitors to the church and was the result of the applications previously studied at a scale of 1:10. By keeping the scale as small as possible it was possible to show the future of more of the church as a single model. It was not possible, however, to show the full height of the bell towers in this way.

Research into a new order

Fotografia original de la maqueta interior del transsepte de la façana del Naixement, procedent de l'Arxiu Sugrañes. Amb aquesta maqueta s'han confirmat algunes hipòtesis.

Photograph of the 1:25 scaled model for the east transept (Sugrañes Archive). This photograph confirms various hypotheses.

The problem the interior part of the Nativity Façade presented regarding the introduction of geometrical forms of double curvature into the architecture, resolved in Gothic Revival style, must have concerned Gaudí somewhat. It is no surprise that he studied this solution using the 1:25 scale model. The photograph shows that the solution for the crossing had been studied and coincides with the work today.

Fragments of the model had been found as proof, but the photograph above provides definitive evidence. It also confirms the placing of the basalt eight sided columns at forty-five degrees to the transept and the elevation of the columns, like branches, that reach up to the vaults at 45 m. It also confirms the use of knots of lesser volume, that is, the second of the solutions known fully to us thanks to the original 1:10 scale models.

At the meeting of the transept with the façade, this photograph clearly shows the omission even of the beginnings of the ribs that take the form of tears that exist, locating the columns, which rise from behind the sculptures crowning the triforium.

The clear, neat solution Gaudí would have applied, doubtless eliminating the part already built, poses

A la recerca d'un nou ordre

te i nau principal encarats a la façana posterior del Naixement. Aquesta maqueta ocupava la part de les sales on s'exposaven les maquetes als visitants del temple i era el resultat d'anar aplicant les solucions que prèviament s'havien estudiat a escala 1:10. Tenint unes proporcions més petites, era possible de mostrar el futur del temple més de conjunt, malgrat que mai no es passà de les alçades dels campanars de les façanes.

El problema d'entrega de la seva arquitectura amb formes geomètriques de doble curvatura amb la part interior de la façana del Naixement, resolta amb estil neogòtic, degué preocupar Gaudí. No és estrany que s'estudiés la solució gràcies a la maqueta 1:25 existent. Aquesta fotografia demostra que la solució del creuer ara estudiada és coincident amb la idea original del mestre.

S'havien trobat uns fragments de la maqueta, com a prova, però ara això ho confirma plenament. També es confirma la situació a 45º de les 8 columnes de basalt del transsepte i les columnes que com branques s'aixequen fins a les voltes a 45 m d'alçada i els nusos de menor volum, és a dir, amb la segona de les solucions de les quals es té clarament coneixement gràcies als models originals a escala 1:10.

A l'entrega amb la façana, tal com mostra la fotografia anterior, es planteja clarament de prescindir fins i tot dels inicis dels arestons amb forma de llàgrimes, que existeixen, tot situant-hi les columnes, que s'aixequen de darrere de les escultures que coronen el trifori. Aquesta solució neta i franca que Gaudí hauria realitzat sens dubte eliminant la part realitzada, planteja el problema de si cal mantenir el que ja està fet, per respectar totalment l'obra realitzada directament pel mestre. Possiblement serà la decisió que es prendrà malgrat que ara convé estudiar-ho a fons, abans de malmetre qualsevol element original.

Aquesta troballa ha permès, a més, situar alguns fragments del model a escala 1:25 que, malgrat saber d'on eren, se n'ignorava la situació exacta. Més encara, es confirma que els models d'estudi a escala 1:25 estaven molt més avançats del que fins ara es pensava. Existeixen els motlles de la bara-

Research into a new order

the problem of whether it is necessary to maintain all that has been done if we are to respect completely the work undertaken directly under Gaudí's supervision. It is possible that this decision will have to be taken, though before any original work is interfered with, very careful study will be required.

This discovery has at least permitted the exact location of fragments of 1:25 scale model to be worked out. Furthermore, they confirm that the 1:25 scale models were far more advanced than previously thought.

The moulds exist for the balconies to the triforium and a good proportion of the angles for the fenestrated walls with their connections to each other. This is true both of the lower level and the elevation of the vaults, and has allowed the completion of the missing part.

Finally, on 11 August 1998, Sugrañes found, amongst the manuscripts in the archives in Capellades, part of what he had written in 1938 out of a feeling of duty to document all he knew about Gaudí, as he had had the privilege of frequenting his company so much. A phrase or two sufficed to confirm that which little by little has been discovered. To plan the church, Gaudí had made use of simple "modulated geometry", just as Bergós had claimed, and which this study aims to make more widely known.

Detall de la façana del Naixement.

View of the Nativity Façade.

na del trifori i bona part de l'angle dels finestrals, amb les seves entregues entre si, tant a nivell inferior com a l'alçada de les voltes. Això ha permès de completar el que faltava.

Finalment, l'11 d'agost de 1998, a l'arxiu de Domènec Sugrañes, a Capellades, es troba entre els seus manuscrits, part del que escrivia l'any 1938, en sentir se obligat a testimoniar el que sabia del mestre, ja que havia tingut el privilegi de tractar-lo tant. Uns mots confirmaven el que a poc a poc s'havia anat trobant. Gaudí, per a projectar el temple, se servia d'una modulació tal com ja havia anunciat Bergós i que amb aquest estudi es dóna a conèixer.

Sugrañes wrote complaining of the destruction of the graphic information and the models, which were:

"The basis for the continuation of the work, showing the paths which had to be followed in order to bring the work to a conclusion, the thoughts of Don Antoni, if not with the force of which only he was capable, at the very least following the directions he marked out and demonstrating the methods and procedures he used in a living way". (35)

Fortunately, the salvaged models –of whose existence Sugrañes was unaware– now restored, have made it possible to retrace Gaudí's method with the modularity and proportions they demonstrate.

All this confirms that if the line of development of Gaudí's ideas about geometry and structural forms are followed rigorously, Gaudí's own solution will be attained, or one that he would, without doubt, have arrived at, if he had been able to continue developing his architectural logic.

A la recerca d'un nou ordre

Escrivia Sugrañes, tot queixant-se de la destrucció de la documentació gràfica i de les maquetes:

> "que eren la base per a la continuació de les obres ja que entre uns i altres assenyalaven els camins a seguir per a poder portar a terme el pensament de D. Antoni, si no amb la força de què tan sols ell era capaç almenys seguint les orientacions per ell traçades i mostrant d'una manera viva els mètodes i procediments de treball per ell utilitzats."(35)

Sortosament, de les maquetes salvades —que Sugrañes ignorava—i restaurades, ha estat possible retrobar la metodologia gaudiniana amb la modulació i les proporcions que s'han exposat.

Tot això confirma que si se segueix amb rigor la línia de desenvolupament de les idees i de la geometria i formes estructurals que Gaudí utilitzava, gairebé de manera indubtable, s'arriba a la solució que Gaudí havia ja resolt o a la qual sens dubte havia d'arribar, continuant la seva lògica arquitectònica.

Conclusions

Aquest és el resultat d'aquests darrers anys de la vida de Gaudí, gairebé la tercera part de la seva vida professional dedicada exclusivament al temple, amb l'avantatge de tota l'experiència acumulada i de l'anar a poc a poc en la construcció per manca de recursos, per així anar elaborant la seva nova arquitectura.

No és estrany, doncs, pensar que Gaudí esmercés tant temps a deixar definit el que desitjava que fos el Temple de la Sagrada Família, perquè precisament així deixava prou elements per tal que fos possible de construir-lo d'acord amb el seu pensament. Deixava, a més, ben clar que a aquest esforç calia que també s'hi sumés el dels seus successors, i per això és ben cohe-

Fragment de la fotografia de la maqueta del transsepte, a primer terme la darrera solució per a les bifurcacions de les columnes que suporten les torres dels evangelistes.

Fragment of the photograph of the model for the transept. In the foreground, the final solution for the bifurcations of the columns supporting the towers of the Evangelistes.

Research into a new order

Conclusions

This is the result of the last years in Gaudí's life, almost a third of the time he dedicated to the Church, with the advantages of all the experience accumulated and the fact that the construction process progressed little by little due to lack of resources, developing his new architecture.

There is nothing strange about the idea that Gaudí devoted so much time to defining what he wanted the Church of the Sagrada Família to be, because in that way he left sufficient elements to make it possible to complete the work according to his ideas. He also

rent la clarividència amb què sovint es manifestava dient que era imprescindible la llibertat creadora dels artistes que s'anirien succeint al llarg dels anys, malgrat també la necessitat de seguir el pla general que definia en l'aspecte exterior l'envolupant piramidal del conjunt de campanars i cimboris que bé es mostrava en el dibuix del qual sortosament es conserva la reproducció fotogràfica.

Aquest dibuix fou successivament retocat en alguns detalls, a partir, per exemple, dels estudis definitius de les sagristies, però manté la idea del conjunt invariable. Coincideix amb les siluetes dibuixades l'any 1916, que foren lliurades a l'Ajuntament de Barcelona per tal d'aconseguir que l'entorn i la visió que Gaudí tenia del seu temple fos respectada plenament.

Muntatge de la maqueta a escala 1:25.

Model in progress at 1:25 scale.

made it clear that to his own efforts must be added those of his successors. This explains his frequent visionary statement that the creative freedom of artists who succeeded him over the years was essential, despite the need to follow the general plan defining the pyramidal envelope of the assembly of bell towers and cupolas in the exterior view, clearly shown in the drawing that has been preserved, by good fortune, in the form of a photograph.

This drawing was progressively retouched with some details added, starting with the example of the definitive studies for the sacristies, but maintaining the idea of an unchangeable whole. It is consistent with the silhouettes presented to Barcelona City Council in 1916 in order to ensure that the church setting and the vision that Gaudí had for his church was fully respected.

Després de Gaudí

Obra posterior a la mort de Gaudí

En morir Gaudí, el 10 de juny de 1926, treballaven al temple l'arquitecte Domènec Sugrañes, com a ajudant, i Francesc de P. Quintana. Un a continuació de l'altre dirigiren l'obra, el primer fins a l'esclat de la guerra civil, i el segon des de la reconstrucció de la cripta fins a la seva mort, el 1967. A Gaudí, només li fou possible de veure retallat contra el cel blau el campanar de Sant Bernabé lliure de bastides. La continuïtat de les obres quedà en bones mans, i així el 1930 s'enllestiren els altres tres campanars de la façana del Naixement, que destacaven en el conjunt de la ciutat. El pinacle del portal central, amb el xiprer i uns quants grups escultòrics, anaren completant la iconografia de la façana. Mancava l'execució definitiva amb pedra, dels àngels cantaires i músics, dels quals hi havia els models de guix. L'Adoració dels reis i els pastors, l'escena de l'Anunciació, a la part alta de l'ogiva central, i el grup de la Sagrada Família que s'havia de col·locar damunt de la columna i mainell del portal no existien i es realitzaren de mica en mica. Els models de guix dels àngels músics i cantaires que esperaven de ser substituïts pels definitius de pedra, quedaren a bocins l'any 1936

Façana de la Passió. Escultures de Josep Maria Subirachs.

Passion Façade with the sculpture of Josep Maria Subirachs.

After Gaudí

The work after Gaudí's death

When Gaudí died on 10 June 1926, the architect Domènec Sugrañes, as assistant, and Francesc de P. Quintana were working on the Church. The former directed the work up until the outbreak of the Spanish Civil War, the latter from the reconstruction of the crypt up until his death in 1967. All Gaudí was able to see pictured against a blue sky was the bell tower dedicated to Sant Barnaby freed of its scaffolding.

The continuation of the work remained in good hands and thus in 1930, the other three bell towers in the Nativity Façade were completed, standing out in the Barcelona cityscape. The pinnacle over the central portal, with a cypress tree and various sculptures, were added to complete the iconography of the façade.

The definitive stone versions of the angels singing and playing musical instruments, for which the plaster models existed, were yet to be made.

i foren reproduïts amb encert per l'escultor japonès Etsuro Sotoo. Els grups de la Sagrada Família, sufragats pels treballadors del Banc de Bilbao, i el de l'Anunciació són obra de Jaume Busquets, i els dels Reis i pastors, de J. Ros Bofarull. Quedaren col·locats successivament els anys 1958, 1966 i 1982.

A partir del centenari del naixement de Gaudí, l'any 1952 les obres es represengueren i l'interès per la seva figura començà a eixamplar-se. La creació de l'entitat Amics de Gaudí, presidida pel vescomte de Güell, Eusebi Güell i Jover, amb el dinàmic secretari Enric Casanellas, permeté la gran exposició del saló del Tinell el 1956. Després s'exposà l'obra de Gaudí a Madrid, i el 1960 a París, a la gran exposició "Les sources du XXe. siècle", al Museu de l'Art Modern, acompanyades de conferències. Tot això féu col·locar a poc a poc la figura de Gaudí on li corresponia. Pràcticament, fins llavors l'arquitecte no figurava a cap tractat d'història de l'art o de l'arquitectura a nivell internacional.

La creació de la Càtedra Gaudí, que regí Josep F. Ràfols —primer tractadista i difusor acadèmic de Gaudí—, la publicació dels llibres de Cèsar Martinell, de Puig Boada i de Joan Bergós, etc., obriren un seguit de publicacions i un interès creixent per tot el món. George Collins als Estats Units i també J.L. Sert i Sweney, Kenji Imay al Japó, Robert Pane a Itàlia, etc., fins a Joan Bassegoda, investigador i continuador infatigable a la Càtedra Gaudí.

Els continuadors

El 1957, la Junta Constructora del Temple de la Sagrada Família aprofità l'avinentesa dels 75 anys de la primera pedra per pelegrinar a Roma, on fou rebuda per Pius XII, que donà suport a la continuació de les obres. El vot de la junta de construir la façana de la Passió, l'any 1954, i les jornades de la capta anual per a recollir almoines donaren una empenta que féu possible

The Adoration of the Kings and Shepherds, the scene of the Annunciation, for the part high above the central pointed arch and the Holy Family group located above the dividing transom of the doorway, did not yet exist and were finished little by little. The plaster models of the angel choir and musicians, which awaited their replacement by the definitive stone versions, were smashed in 1936, later being successfully reproduced by the Japanese sculptor Etsuro Sotoo.

The Holy Family group sculptures, paid for by the workers of the Bank of Bilbao, and that of the Annunciation, are the work of Jaume Busquets, whilst the kings and shepherds are by J. Ros Bofarull. They were successively installed in 1958, 1966, and 1982.

After the centenary of Gaudí's birth in 1952, the building works started up again and interest in his work began to grow. The creation of a group known as The Friends of Gaudí, presided over by Viscount Güell –Eusebi Güell i Jover– and whose dynamic secretary was Enric Casanellas, led to the organisation of the great exhibition in the Saló del Tinell in 1956. Gaudí's work was subsequently exhibited in Madrid and then Paris in 1960 at the great exhibition 'Sources of the 20th Century', accompanied by lectures, at the Museum of Modern Art. All this gradually helped to

Domènec Sugrañes realitzà el xiprer que corona el pinacle del portal central de la façana del Naixement.

Domènec Sugrañes completed the cypress tree that crowns the pinnacle above the central door for the Nativity Façade.

establish the figure of Gaudí in its rightful place. Until then, at an international level, Gaudí had been almost completely absent from treatises on the history of art and architecture.

The creation of the Gaudí Chair under the aegis of Josep F. Ràfols –Gaudí's first academic voice and champion– the publication of books by Cèsar Martinell, Puig Boada and Joan Bergós amongst others, and so on, sparked off the publication of a series of works and aroused growing interest all over the world. George Collins in the United States, along with J. L. Sert i Sweney, Kenji Imay in Japan, Robert Pane in Italy, etc, finishing with Joan Bassegoda, researcher and indefatigable maintainer of the Càtedra Gaudí.

The continuators

In 1957, the Sagrada Família Church Construction Committee marked the seventy fifth anniversary of the laying of the foundation stone by making a pilgrimage to Rome, where they were received by Pope Pius XII, who gave support for the continuation of the works. The vote by the Construction Committee in 1954 to build the Passion Façade and the annual collection to raise funds (known as the

Després de Gaudí

coronar els quatre campanars de la façana el 1976. Els arquitectes Puig Boada i Bonet i Garí, amb l'ajuda de Joan Bergós, foren capdavanters en aquesta etapa. Assumiren el risc d'aixecar-la a partir del dibuix de Gaudí i del repte que com un llegat testamentari va confiar-los. Entre altres col·laboradors, cal destacar els arquitectes Dapena i Francesc de P. Cardoner, que dirigí les obres després de Bonet i Garí. Feia trenta anys de la mort de Gaudí. A la generositat d'un fill de catalans de Mèxic, que de petit havia visitat l'obra de la mà del seu pare, i el fruit de la venda d'importants immobles procedents d'una testamentaria, s'hi sumaren milers de donatius per fer-ho possible.

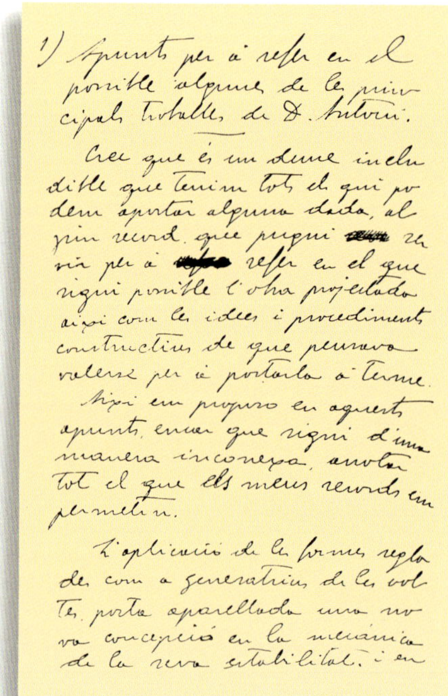
1) Apunts per a refer en el possible algunes de les principals treballs de D. Antoni.

Crec que és un deure ineludible que tenim tots els qui podem aportar alguna dada, al primer record que pugui servir per a refer en el que sigui possible l'obra projectada així com les idees i procediments constructius de que pensava valer-se per a portarla a terme.

Així em proposo en aquests apunts, encara que sigui d'una manera inconnexa, anotar tot el que els meus records em permetin.

L'aplicació de les formes reglades com a generatrius de les voltes, porta aparellada una nova concepció en la mecànica de la seva estabilitat, i en

Fulls manuscrits originals de D. Sugrañes que confirmen la modulació geomètrica del temple.

Manuscript written by the architect Sugrañes shortly before his death that confirm the geometrical modulation for the church.

No obstant això, les dificultats arribaren d'un altre costat. Un grup d'intel·lectuals i artistes de renom publicaren el 1965 una carta oberta al diari *La Vanguardia* oposant-se a la continuació de les obres. Es reobria una polèmica que s'aniria avivant de tant en tant. Si Gaudí ja fou polèmic en vida, ara era la possibilitat de continuar la seva gran obra el que es discutia. S'invocava que per respecte a l'obra del geni, calia deixar-la en l'estat que ell va deixar-la en morir. Per què oposar-se precisament a la voluntat de Gaudí, que sempre havia volgut la continuïtat de les obres? S'havia esforçat a donar-hi camí, preparant amb els models de guix a escala 1:10 i 1:25 tots els elements de les naus, les cobertes, les sagristies i bona part del conjunt, i a més era ben conscient que l'haurien de continuar i acabar les generacions futures. La silueta del temple acabat amb el projecte urbanístic de l'entorn l'havia presentat a l'Ajuntament de la ciutat a principi de segle, i ho havia refermat al final de l'any 1916. L'any 1982 se celebrà el centenari de la col·locació de la primera pedra. Malgrat la crisi econòmica general es rebien donatius. Per això, cal remarcar l'empenta donada

After Gaudí

Capta), gave an impetus that made it possible to crown the four bell towers to the façade in 1976. The architects Puig Boada and Bonet i Garí, assisted by Joan Bergós, came to the fore at this stage, accepting the risk of executing the work from Gaudí's drawing and the challenge of the legacy with which the master had entrusted them. Particular mention should be made here, amongst other collaborators, to the architects. Dapena and Francesc de P. Cardoner, who directed the work after Bonet i Garí.

It was thirty years since Gaudí's death. To the generosity of the son of a Mexican Catalan family who had visited the building as a child in his father's arms and the proceeds from the sale of some important properties which had been bequeathed to the Sagrada Família were added thousands of donations to make the work possible. However, difficulties arose from another quarter. In 1965, a group of leading artists and intellectuals wrote an open letter to the *La Vanguardia* newspaper opposing the continuation of the work. This reopened a controversial issue which would continue to fan up from time to time. If Gaudí was already a controversial figure when alive, debate now centred on the possibility of continuing his great work. It was argued that, out of respect for the work of this genius, it should be left as it stood at the time of his death.

Gaudí aixecà la façana del Naixement. Volia que fos el repte que promogués la continuació i l'acabament del seu projecte.

Gaudí raises the Nativity Façade. He wished it to represent the challenge that promoted the continuation and completion of his project.

Després de Gaudí

Terminal del pinacle amb els fruits-taronges-, realitzats amb vidre venecià per l'escultor Etzuro Sotoo.

Terminals to the pinnacles with fruit (oranges) made from Venetian glass by the sculptor Etsuro Sotoo.

pel cardenal arquebisbe de Barcelona, Narcís Jubany, en recolzar la construcció de la nau, com a conseqüència de la voluntat popular de continuar la construcció del temple, perquè any darrere any aportava amb els seus donatius una ajuda econòmica molt important. Fou una intervenció decisiva.

Després d'uns anys de dificultats, motivats per l'esforç econòmic d'enllestir els campanars de la Passió, amb l'ajuda d'uns préstecs bancaris, sumant-s'hi la crisi dels vuitanta, durant aquesta dècada només fou possible completar els pinacles de l'absis i iniciar els finestrals de la façana de la nau de ponent.

Al final dels noranta la façana de la Passió, amb les escultures de Subirachs, incorpora de forma definitiva els successors que Gaudí ja preveia. A la força contundent i despullada, ben definida i potent de les sis grans columnes inclinades, es presenten les escenes de la Passió amb la cruesa que cal que demostri la mort de l'Home que penja crucificat.

També el visitant que entra per alguna de les façanes a l'espai obert, tants anys sense cobrir, de l'interior del temple, ja hi troba una gran superfície de voltes construïdes.

Al final del 1985, era nomenat arquitecte director Jordi Bonet. Per poder preparar l'aixecament de les naus, s'incorporaren a l'equip d'arquitectes els professors d'estructures Joan Margarit i Carles Buixadé, doctors arquitectes, a qui s'encarregà els càlculs de les naus per a poder-les cobrir. Després de dos anys d'estudis, lliuraven els resultats que confirmaven la viabilitat del projec-

After Gaudí

Why, precisely, oppose the wishes of Gaudí, who had always wished the building to be continued? He had gone to so much trouble to provide the route, preparing plaster models of the nave, the roofs, the sacristies and a large part of the whole assembly at scales of 1:10 and 1:25 and, most importantly, he was well aware that future generations would have to finish it.

He had presented the silhouette of the finished Church with the development plan for its surroundings to Barcelona City Council early in the century, and had confirmed his project in 1916. In 1982, the centenary of the laying of the foundation stone was celebrated. Despite the recession, donations kept coming in. For this reason it is important to note the impetus given by the Archbishop of Barcelona, Narcís Jubany, in giving support to the construction of the nave in response to the popular desire that the construction of the Church should continue as, year after year, his donations provided very significant economic assistance. This was a decisive intervention. Several difficult years, caused by the economic effort made to complete the bell towers for the Passion Façade with the help of bank loans, added to the economic crisis of the 1980s, meant that it was only possible to complete the finials to the apse and to commence the windows in the west nave during that decade.

te de Gaudí, però al qual a la vegada incorporaven la normativa vigent, amb les armadures que assegurarien l'estabilitat de l'obra contra vents de 200 km per hora a les parts més altes i la resistència contra els moviments sísmics.

Pel juny del 1986, Josep Maria Subirachs acceptava l'encàrrec de realitzar tota l'escultura de la portalada de la façana de la Passió, que s'havia de lliurar en un termini de 10 a 15 anys, amb un centenar d'escultures de pedra. Dotat d'una capacitat creadora i de treball notables, n'està enllestint tot el conjunt.

Les fonamentacions de la nau i de la meitat del creuer i del transsepte s'allargaren durant gairebé quatre anys, mentre a poc a poc s'aixecaven les

Detall del Cirineu a la façana de la Passió, de l'escultor Josep Maria Subirachs.

Passion Façade: detail of Simon of Cireni sculpted by Josep Maria Subirachs.

At the end of the nineties, the Passion Façade, featuring Subirachs' sculptures, has finally taken on the form Gaudí's successors planned. In the blunt, naked force, well-defined and powerful, of the six inclined columns, the Passion scenes are presented with the all the crudeness required to depict the death of the crucified Christ. Moreover, the visitor entering any of the façades into the open space after so many years during which the Church interior was completely uncovered, now finds a considerable area of constructed vaults.

In late-1985, the architect Jordi Bonet was appointed to the post of Architect Director. He put together a team of architects to begin the completion of the nave, including the professors of building structures, Drs. Joan Margarit and Carles Buixadé, who took charge of the calculations required to cover the nave.

After two years of study came the results that confirmed the viability of Gaudí's project, but which also complied with current regulations, providing for reinforcement guaranteeing the stability of the building against 200-km-hour winds at the highest parts, as well as ensuring seismic resistance. In June 1986, Josep Maria Subirachs accepted the task of creating all the sculpture for the whole

Després de Gaudí

façanes de la nau amb els finestrals. Més de 4 km de pilots fins a una profunditat d'uns 20 m per a assolir la roca terciària i així evitar qualsevol assentament diferencial. Encepats i traves per a resistir bé les enormes càrregues de fins a 8.000 tones a cada una de les columnes del creuer en el cas més desfavorable. El precedent de la construcció de les columnes dòriques de suport de la plaça del Parc Güell a base d'elements prefabricats d'alçada aproximada d'1 m, amb el trencadís que les decora, i que serviren d'encofrat del formigó o maçoneria i de pas de les mateixes conduccions de recollida d'aigua per aportar a la gran cisterna subterrània, és el mateix sistema amb què s'han construït les columnes de suport de les naus del Temple de la Sagrada Família amb l'armadura corresponent i la pedra de Montjuïc, granit, basalt i pòrfir que n'és la pell.

Gaudí havia experimentat l'ús del formigó armat tant en el Parc Güell com en els terminals dels campanars de la façana del Naixement. En aquests darrers l'ús del ciment pòrtland s'ha confirmat. També s'havia manifestat clarament, en la conferència pronunciada l'any 1923 a l'Associació d'Arquitectes de Catalunya, en la intenció i el perquè d'armar les columnes de suport del temple. Era, doncs, ben clar que calia seguir aquest camí.

Cèsar Martinell ho havia recollit en las seves converses amb Gaudí. Els mateixos arquitectes que seguiren en la direcció facultativa de la construcció de l'obra acostumaven a parlar de "pedra sintètica" com a expressió diferenciadora del que en aquella època se'n deia "pedra artificial".

Actualment, la denominació de formigó arquitectònic o formigó emmotllat és corrent en el vocabulari de la construcció, a partir de peces prefabri-

Passion Façade, to be delivered within a period of 10-15 years and including around one hundred stone sculptures. Of outstanding creative capacity and the author of many outstanding works, Subirachs is now beginning to complete the whole assembly.

The foundations to the nave and half the crossing and transept took the best part of four years while, little by little, the nave fronts and windows were being built. There are more than four kilometres of piles in total, reaching a depth of 20 m down to tertiary rock to avoid any differential settlement. The pile heads need to resist enormous loads up to eight thousand tonnes load, with the columns for the crossing being the most exacting.

The construction of the Doric columns in the market-place in Parc Güell, based on prefabricated elements approximately one metre high with the decorative broken tile mosaic serving as covering for concrete or masonry, the columns also carrying the conduits for the water borne to the great underground cistern, provides the precedent, employing the same system by which the supporting columns for the Sagrada Família Church nave and aisles were built, with corresponding reinforcement and stone from Montjuïc, granite, basalt and porphyry forming the skin.

After Gaudí

Ecce homo, escultura de Josep Maria Subirachs.

Ecce homo, *a sculpture by Josep Maria Subirachs.*

Gaudí had experimented with the use of reinforced concrete in the Parc Güell project as well as for the finials to the Nativity Façade. In the latter, the use of Portland cement has been confirmed. He had also clearly stated, in the lecture he gave in 1923 to the Associació d´Arquitectes de Catalunya, his intention to reinforce the supporting columns in the Church and his reasons for doing so. It was therefore quite clear that this was the route to be followed.

Cèsar Martinell had noted it in his conversations with Gaudí. The very architects who continued the facultative direction of the work used to speak of 'synthetic stone', differentiating this from what, in that period, was known as 'artificial stone'.

Nowadays, the name 'architectural', or precast concrete forms part of the vocabulary of construction. It is based on prefabricated pieces with forms from moulds of diverse materials and concretes of the colour of choice with excellent strengths according to results obtained through laboratory analysis. The reinforcement increases the possible tension forces that stone is able to resist and thus contributes admirably to resisting seismic jolts or winds up to 200 kilometres per hour. The requirements of current legislation are very different from those in force seventy years ago, making neces-

La Verònica, escultura de Josep Maria Subirachs.

La Verònica, *a sculpture by Josep Maria Subirachs.*

cades amb formes procedents d'emmotllats amb materials diversos i uns formigons de color escollit a voluntat i d'excel·lents resultats de resistència, d'acord amb les anàlisis obtingudes en laboratoris. Les armadures augmenten els possibles esforços de tracció per suportar que amb la pedra no s'aconsegueixen i així contribueixen a ser prou resistents a les sotragades sísmiques o als vents de 200 km per hora amb què s'ha calculat. La vigència d'unes normes actualment ben diferents del que s'esqueia fa setanta anys fa necessari ara aquest armat, que altrament permet aixecar amb independència les voltes laterals, de les centrals o del creuer, amb unes bastides lleugeres i sense que sigui necessari esperar que tot el conjunt de l'estructura arborescent projectada per Gaudí entri en càrrega i en complet equilibri.

La major resistència de l'acer —5.100 kg/cm^2 rk— i dels formigons especials amb resultat fins a 800 kg/cm^2 rk, han permès de mantenir les seccions que Gaudí havia previst, malgrat la normativa actual molt més exigent.

En iniciar-se l'any 1993, quedà visible el primer tram de voltes de suport de les cantories de ponent. Encara fou possible de rebre el comentari ple de fe en què el mestre explicava als anys vint, per part de Lluís Bonet Garí —el darrer supervivent dels seus deixebles— en notificar-se-li que la llum lliscava per aquelles superfícies: "I doncs, què us pensàveu?", digué, poques hores abans del seu traspàs.

Ara, les voltes de les naus laterals ja són visibles i s'inicien les de la nau central que són ja a l'abast de la mà. Seguiran les del transsepte. L'estudi i

sary this reinforcement which, moreover, allows the lateral vaults as well to be built independently of those of the centre or the crossing, using lightweight scaffolding and avoiding the need to wait for the whole of Gaudí's planned arborescent structure to be in place to take any forces in complete equilibrium.

The greater resistance of steel –5100 Kg/cm^2– and special concretes –up to 800 Kg/cm^2– has allowed the sections to be maintained as Gaudí had planned, despite the more exacting building regulations.

By early-1993, the first section of the vaults supporting the choir on the west side had seen the light. The event brought to mind what the Master, full of faith in his work, had said, back in the twenties, according to Lluís Bonet i Garí, the last remaining survivor of his disciples. When he was informed, just a few hours before his own death, that the light glided across those surfaces, Bonet answered: "What did you expect?"

Now the vaults above the side aisle are visible, and those for the central nave are nearing completion. Those for the transept are on the way too. The structural studies for the crossing and the apse

Després de Gaudí

el càlcul de l'estructura del creuer i de l'absis està avançant. I ben aviat s'enllestirà el de les sagristies, per poder, en construir-les, adquirir l'experiència que Gaudí invocava per poder resoldre definitivament el cimbori dedicat a Jesucrist. Fins i tot, pot pensar-se, en cas de tenir prou recursos econòmics, que per al 150è aniversari del naixement de Gaudí el 25 de juny de 2002 és possible de tenir closes les voltes del conjunt.

Amb l'ajuda d'ordinadors s'està fent la transcripció dels models de guix originals per tal que puguin executar-se amb tota fidelitat. La dedicació entusiasta d'un equip d'arquitectes que dirigeix el professor Josep Gómez Serrano —cap del departament d'estructures de la Universitat Politècnica de Catalunya, a l'Escola d'Arquitectura de Sant Cugat del Vallès— es fa a través del conveni de col·laboració amb la Junta Constructora del temple. També és important la tasca que realitza l'arquitecte Mark Burry, a la Universitat de Wellington (Nova Zelanda) fins al juny del 1996 i a la Universitat de Deakin (Austràlia) a partir d'aquesta data, per tenir ben determinats els finestrals i les cobertes de les naus.

Maquinària dirigida per ordinadors talla les columnes de granit i de basalt gràcies a haver-hi introduït les equacions dels helicoides que les generen. Darrerament, una nova màquina reprodueix, doblant-les, les peces a partir dels models preparats. Una nova tecnologia que amb l'ajuda de la informàtica dóna més impuls a les obres, que palpablement hom veu com avancen.

És clar que falta molt per a completar i coronar amb la creu el cimbori central. Són moltes les incògnites que caldrà aclarir i els dubtes per resoldre. La fidelitat a Gaudí demana esforç rigorós de recerca per a superar dificultats. No únicament les de disposar del finançament d'una obra que al començament del segle XXI just arribarà a la meitat. Caldrà disposar de les tècniques i dels arquitectes i altres col·laboradors, és a dir, dels successors que Gaudí anunciava amb seguretat que la Providència donaria.

are well advanced. Very soon those for the sacristies will be finished. These, once complete, will allow the experience to be acquired that Gaudí sought from building them, so that the definitive solution could be reached for the cupola dedicated to Jesus Christ.

One might even begin to hope that, as long as sufficient economic resources are forthcoming, it will be possible to have the vaults closed for the whole ensemble by the 150th anniversary of Gaudí's birth, on 25 June 2002.

Aided by computers, the original plaster models are beginning to be transcribed so that they can be executed with complete fidelity. The enthusiastic dedication of the team of architects led by Professor Josep Gómez Serrano –Head of Department of Structures at the Polytechnic University of Catalonia School of Architecture– is provided in the framework of a co-operation agreement with the Church Construction Committee. Also of importance is the work undertaken by the architect Professor Mark Burry, at Victoria University of Wellington (NZ) up to June 1996 and at Deakin University in Australia since, in determining the geometry of the windows and roof of the nave and aisles.

After Gaudí

Detall de la façana de la Passió amb l'apòstol sant Bartomeu, obra de l'escultor Josep Maria Subirachs.

Passion Façade. The Apostle Saint Barnabas. Sculpted by Josep Maria Subirachs.

The granite and basalt columns have been cut using computer-controlled machinery thanks to the equations that derive the helicoids that generate them. Lately, a new machine has been introduced which copies them in stone at full scale from a plaster model. The pace of building has increased notably through the introduction of the new technology and the use of computers.

It is clear that much remains to be finished before the central cupola can be crowned with the Cross. There are still many unknowns that need clarification, and doubts to be resolved. Keeping faith with Gaudí's design demands rigorous efforts in research to overcome difficulties. It is not only a question of finance for this building, just about half-finished as we enter the 21st century.

Techniques, architects and other collaborators, that is, the successors Gaudí confidently predicted that Providence would provide, continue to be needed to complete the work.

Després de Gaudí

El futur de l'arquitectura de Gaudí

Sembla clar que l'arquitectura de Gaudí, malgrat que en el temps podria situar-se en el Modernisme i una part de la seva obra pot rebre aquesta denominació, acaba apareixent com un cas singular, irrepetible. Si és irrepetible és, per tant, més prudent no seguir el seu camí. Això pot semblar el més raonable. És la decisió que majoritàriament s'ha pres. No crec, però, que encertadament.

El Noucentisme, que prengué força durant els darrers vint anys de la vida de Gaudí, tot i invocar el classicisme i la llum mediterrània, també fou una reacció en contra del Modernisme. Gaudí coincidia en part amb aquests postulats. Deia que el temple "és d'esperit hel·lènic"(36) o bé: "en fer aquest temple, m'he proposat seguir una tradició nostra, una tradició que s'avingués amb nosaltres, la tradició mediterrània. El vertader Art ha estat sempre en el Mediterrani."(37) El cert és que una part important de la crítica i dels noucentistes no podien coincidir amb Gaudí. I es produí un cert refús per part dels crítics i també d'alguns intel·lectuals i artistes a la seva obra. Feliu Elias, "Apa", que en un cert moment havia elogiat la seva obra, fulminà una crítica fortíssima, i aquesta actitud es posà de moda. El mateix Ràfols, de qui no pot pas dubtar-se que fou sempre fidel admirador del mestre, com a bon amic i col·laborador de Lluís Bonet i Garí, li va recomanar que renunciés a seguir els camins gaudinistes. "Deixa-ho córrer, que et portaria problemes" li havia dit.

Malgrat tot, alguns dels seus col·laboradors seguiren les seves ensenyances i realitzaren obres que Cèsar Martinell qualificà de "gaudinistes". Josep Maria Jujol i Rubió i Bellver ho són. Els arcs equilibrats foren protagonistes importants de Puig i Cadafalch, de Cèsar Martinell i també dels seus successors més directes, Isidre Puig Boada, Lluís Bonet i Garí i Joan Bergós, que se serviren de la geometria i la plàstica gaudinianes a Catalunya.

El color, signe de vida als terminals dels pinacles i campanars.

The colours in the façade and bell towers signal life.

After Gaudí

The future of Gaudí's architecture

It seems clear that Gaudí's architecture, despite being temporally located in Modernism and although much of his work can be described as Modernist, is nevertheless a singular, unrepeatable phenomenon. If it is unrepeatable, it follows that it would be more prudent not to follow in his footsteps. This would seem to be the most reasonable line to take, and is that which the majority have opted for, wrongly, in my view.

Noucentisme, a highly influential style during the last twenty years of Gaudí's life, and which invokes classicism and Mediterranean light, was also a reaction against Modernism.

Gaudí agreed in part with these premises. He stated that the Church "is Hellenic in spirit" (36) and that, "in making this church I have proposed to follow a tradition of our own, a tradition congenial to us, the Mediterranean tradition. True art has always been in the Mediterranean." (37) It is true that much of critical opinion and many Noucentistes could not agree with Gaudí, and something of a backlash against Gaudí's work was produced on the part of critics and intellectual and

Després de Gaudí

Església de la Milagrosa, Mèxic, de l'arquitecte Fèlix Candela.

Milagrosa Church, Mexico, by the architect Felix Candela.

artistic circles. Feliu Elias, 'Apa', who had at one point eulogised his work, was now ferocious in his criticism, and this attitude became fashionable. Even Ràfols, undeniably an unflagging, faithful admirer of Gaudí's work, as well as a great friend and collaborator of Lluis Bonet Garí's, advised him not to follow the trail blazed by Gaudí. "Forget it, it will only cause you problems", said Ràfols to his friend.

Despite all, some of his collaborators followed the Master's teachings, building works Cèsar Martinell categorised as "Gaudinian". Josep Maria Jujol and Rubió i Bellver are two cases in point. Equilibrated arches were important elements in the work of Puig i Cadafalch, Cèsar Martinell and Gaudí's more direct successors Isidre Puig Boada, Lluis Bonet i Garí and Joan Bergós, who used Gaudinian geometry in Catalonia.

Ruled surfaces have been used for very different purposes, notably in the form of the hyperboloid of revolution, as were also employed in Russia in the 1920s by Suslov, who used them to locate towers and antennae for Radio Moscow. They are still there, visible at a height of over 100 m.

After Gaudí

L'ús de les formes reglades amb finalitats ben diferents, concretament en estructures en forma d'hiperboloide, foren també usades a Rússia cap als anys vint per Suslov per situar-hi les torres i les antenes de Ràdio Moscou. Encara són allí, visibles, amb més de 100 m d'alçada. No és, però, fins els anys cinquanta i seixanta que grans arquitectes de fama universal es decideixen a servir-se'n. A Mèxic, Fèlix Candela és capaç de construir obres ben espectaculars amb l'ús dels paraboloides hiperbòlics, i a Brasília, la seva nova catedral, obra d'Oscar Niemeyer, la generen unes costelles d'envolupant en hiperboloide de revolució. Fins i tot Le Corbusier, en el pavelló Philips de l'Exposició de Brussel·les, el 1960, també es decanta per les formes reglades. Saarimen, a l'aeroport de Nova York, construeix el gran edifici de la TWA amb formes d'aquesta mena. En menor escala, jo mateix vaig atrevir-me a construir les esglésies de Vinyoles d'Orís i de Sant Medir i a seguir la metodologia i les propostes de Gaudí. Fins i tot càlculs de l'estructura es realitzaren per mitjà de models funiculars invertits. En una altra variant, les cobertes dels edificis dels Jocs Olímpics de Munic, de Frei Otto, són un seguiment molt desenvolupat i original de les idees de Gaudí. Catedràtic a Stuttgart, Frei Otto fou l'animador del grup d'alemanys i holandesos que referen la maqueta funicular de la capella de la Colònia Güell, amb tota la profusió de saquets amb perdigons, cordills i filferros. Desgraciadament, la deixadesa i l'abandó havien fet que l'original de Santa Coloma de Cervelló es perdés.

Catedral de Brasília obra de l'arquitecte Oscar Niemeyer.

Brasilia Cathedral, by the architect Oscar Niemeyer.

Les estructures reticulars a l'espai, de les quals Gaudí va servir-se per primera vegada, són una aplicació ben corrent avui.

> "Les meves idees són d'una lògica indiscutible, l'únic que els trobo, és que no hagin estat mai aplicades, i que hagi d'ésser jo el primer; és l'única cosa que en tot cas em farà vacil·lar."(38)

It was not until the 1950s and 1960s, however, that great architects of international renown decided to use them.

In Mexico, Félix Candela has carried out spectacular projects using hyperbolic paraboloids, whilst in Brasilia Oscar Niemeyer used a hyperboloid of revolution to generate the enclosing ribs for his new cathedral. Even Le Corbusier used ruled surfaces for the Philips Pavilion at the Brussels Exhibition in 1960. Saarinen also built the huge TWA facilities at New York airport using forms of this type.

On a minor scale, I myself have been able to construct the churches of Vinyoles d´Oris and Sant Medir following this method and Gaudí's proposals. Even structural calculations have been carried out by means of hanging models.

In another variant, the roofs of the buildings for the Munich Olympic Games, by Frei Otto, form an original and highly-developed continuation of Gaudí's ideas. A university professor in Stuttgart, Frei Otto was the driving-force behind a group of German and Dutch researchers who rebuilt the hanging model of the chapel at Colònia Güell with all its profusion of little bags of bird shot, cords and wire. Neglect and abandonment had, unfortunately, led to the loss of the original at Santa Coloma de Cervelló.

Reproducció de la maqueta polifunicular de l'església de la Colònia Güell, realitzada per un equip dirigit per l'arquitecte enginyer Frei Otto amb altres col·laboradors, com Jos Tomlow i Rainer Graefe.

Reproduction of the hanging model of the chapel at the Colònia Güell. The model was made by a team directed by the architectural engineer Frei Otto and others as Jos Tomlow and Rainer Graefe.

> "L'estructura que tindrà la Sagrada Família, la vaig provar primer a la Colònia Güell. Sense aquest assaig previ no m'hauria atrevit a adoptar-la per al temple."(39)

El que fins fa poc era difícil de projectar, és a dir, de veure a l'espai i després reproduir-ho en els plànols i calcular-ne els esforços, ara, amb la informàtica, ha esdevingut quelcom abastable. No crec, però, que pugui donar una solució vàlida per als problemes senzills dels edificis destinats a habitatges o als serveis d'oficines en general, però sí que pot obrir camins creadors en qualsevol edifici singular. No es tracta pas de voler oferir de Gaudí només el futur d'una arquitectura pètria, sinó d'obrir-se a tota la tecnologia actual o futura, que pot integrar-se en una composició on la llum, l'espai, la racionalitat i l'ús puguin trobar la consecució d'espais i de volums que aportin harmonia i emoció estètica.

Vista aèria del Temple de la Sagrada Família, que sobresurt majestuosament enmig del traçat urbà (1980).

Aerial view of the Church of the Sagrada Família rising majestically amidst the urban landscape (1980).

Reticulated structures and space, of which Gaudí made first use, are regularly applied today.

> "My ideas have an indisputable logic, and the only thing that troubles me is that they have not been applied more and that I was the first to do so; it is the only thing that might cause me to doubt". (38)

> "I first tried out the structure which will be used for the Sagrada Família Church at the Colònia Güell. Without this previous trial, I would not have dare to adopt it for the church". (39)

That which, until recently, was difficult to project, that is to say, to see in space and then reproduce in plans, calculating forces, has now become something feasible to achieve through the use of the computer. I do not believe, however, that this is something that could be seen as a valid solution for buildings destined to serve as housing or offices generally speaking. Nevertheless, I am convinced that it opens up creative paths for singular or monumental buildings.

Després de Gaudí

Església de Sant Medir a Barcelona, obra de l'arquitecte Jordi Bonet.

Saint Medir Church, Barcelona, by the architect Jordi Bonet.

After Gaudí

It is not a question of suggesting that Gaudí represents only the future of an architecture in stone, but one of opening up to the entire range of present and future technology capable of forming part of a composition in which light, space, rationality and use achieve spaces and volumes creating harmony and aesthetic emotion.

Ruled forms in all their variants, and not just surfaces, are the great opportunity which Gaudí brings to the history of architecture, opening up a future that is only just beginning in the process of reticulated structures in space.

The long hours so many generations of architects spent drawing the classical orders or the repertory of styles over the centuries were employed, to a large extent, in the task of assimilating their proportions and the sensitivity required to achieve the capacity to propose them and make them understandable on the part of developers and consumers of architecture. The great contribution of the avant-garde and rationalist movements this century must be understood as the best solution to the economic and social problems of these new times. Their general acceptance does not require comment. But could it be a positive step to pass up the opportunity of following Gaudí's proposals?

Església de Vistabella, obra de l'arquitecte Josep Maria Jujol.

Vistabella Church, by the architect Josep Ma Jujol.

Les formes reglades en totes les variants, i no únicament els plans, són la gran oportunitat que aporta Gaudí a la història de l'arquitectura, i obren un futur que tot just comença en el procés de les estructures reticulars a l'espai.

Les llargues hores que tantes generacions d'arquitectes passaren dibuixant els ordres clàssics o el repertori dels estils al llarg dels segles, serviren en bona part per assumir-ne les proporcions i la sensibilitat, i així esdevenir capaços de proposar-ho i fer-ho assimilable a promotors i consumidors d'arquitectura. La gran aportació de les avantguardes i del racionalisme que s'estengué en aquest segle, cal entendre-la com la millor solució a la problemàtica econòmica i social d'uns temps nous. No cal comentar-ne la general acceptació. Però és que pot ser positiu deixar perdre l'oportunitat de seguir les propostes de Gaudí?

La creativitat cal que estigui oberta sempre, sense prejudicis d'estils ni dictadures estètiques, que ben sovint obeeixen més a interessos econòmics particulars que a les realitats objectives. Amb Gaudí, seguint-lo, podran obtenir-se ensenyaments diversos, però, sobretot i ben segur, podem aconseguir la seva proposta de llibertat. És una proposta rigorosa, d'estudi de cada problema en la funció social de l'arquitectura al servei de les persones i dels pobles. En funció d'una natura que continua essent mestra i font d'inspiració, si hi ha un esperit d'observació i un respecte profund a les exigències dels usos a què pot estar sotmès un edifici i a les possibilitats dels materials i de la tècnica. Tot això és un programa obert de creació i de progrés.

Creativity must always be free of prejudices of style or aesthetic dictates, which often obey particular economic interests more than objective reality. In the case of Gaudí, much learning will be obtained from following in the master's footsteps but, above all, and without the shadow of a doubt, we can also achieve the freedom he defends. This is a rigorous proposal, to study each problem within the social function of architecture at the service of people and communities, in accordance with nature, which continues to be the master and fount of inspiration, where there is a spirit of observation and a deep respect for the demands relating to the uses a building can be put to and to the possibilities of materials and technique. All this presents a real opportunity for creation and progress.

Thus it is contemporary; as such, it is an open road. With the use of infinite lines in space, generators of volumes and of possibilities, Gaudí opened up a path offering a creative, fully harmonious process, a trail he blazed as the best means of providing people with beautiful shelter through architecture.

Després de Gaudí

Això és actual; és, per tant, un camí obert. El camí que Gaudí obria amb l'ús de les rectes infinites que hi ha a l'espai, generadores de volums i de possibilitats i que se'ns ofereixen en el procés creatiu i plenament harmònic, per ell encetat, com la millor manera de donar bellament aixopluc als homes, a través de l'arquitectura.

Gaudí n'estava convençut i deia que a l'obra del Temple de la Sagrada Família "hi hem de contribuir tots, perquè ha d'ésser el temple de tot un poble". I hi afegia:

> "Aquest seria el temple de la Catalunya actual. Recordo que una vegada un em digué que Catalunya històricament no havia estat mai res, i jo vaig respondre que, si això fos cert, seria motiu per a creure que encara havia d'ésser quelcom i que per això havíem de treballar."(40)

Ell aportà una nova arquitectura i tenia una fe encomanadissa basada en una visió optimista dels fets, perquè "sense optimisme no es realitzen obres d'importància."(41)

Siguem, doncs, treballadors per tal que la nova arquitectura que Gaudí inicià i de la qual el Temple de la Sagrada Família és l'exponent més alt, segueixi demanant dedicació, estima, esforç i optimisme per a continuar endavant. S'ho val.

Gaudí insisted with conviction that in the work of building the Church of the Sagrada Família "We all have to contribute, because it has to be a church for a whole people", adding that:

> "This will be the church of present-day Catalonia. I remember that someone once told me that historically, Catalonia has never been anything, and I replied that if this were the case it would be a reason to believe that it must still become something and that we all have to work towards this." (40)

Gaudí created a new architecture and held a contagious faith based on his optimistic vision of the situation because "important works cannot be achieved without optimism." (41)

After Gaudí

Let us be workers, then, so that the new architecture which Gaudí began and of which the Sagrada Família Church is the greatest exponent, shall continue to demand dedication, love, effort and optimism to carry it forward. The work richly deserves it.

Processó de Corpus del 1924 a Barcelona. A les escales de la catedral, Gaudí amb els seus consocis del Cercle Artístic de Sant Lluc.

Corpus Christi procession in Barcelona (1924). At the steps up to the Cathedral, Gaudí proceeds with his colleagues from the Cercle Artístic de Sant Lluc.

Notes / *Notes*

(1) BERGÓS, J. *Antoni Gaudí: L'home i l'obra*, pàg. 56.
(2) MARTÍ MATLLEU, J. "Impresiones acerca del Templo de la Sagrada Família".
(3) MARTINELL, C. *Gaudí i la Sagrada Família comentada per ell mateix*, 102, citat a PUIG BOADA, I. *El pensament de Gaudí*, pàg. 102.
(4) *El Propagador de la Devoción de San José*, març del 1902.
(5) MARTINELL, C. Ob. cit., pàg. 43, dins PUIG BOADA, I. Ob. cit., pàg. 193.
(6) SUGRAÑES, D. "Disposició estàtica del Temple de la Sagrada Família", pàg. 17-36.
(7) MARTINELL, C. Ob. cit., pàg. 125.
(8) MATAMALA, J. *Mi itinerario con el arquitecto*, pàg. 580 i 583.
(9) PUIG BOADA, I. *El Temple de la Sagrada Família*, 1929.
(10) PUIG BOADA, I. *El pensament* [...], pàg. 108.
(11) BERGÓS, J. *Conversaciones de Gaudí y Juan Bergós*, pàg. 174, citat a PUIG BOADA, I. *El pensament* [...], pàg. 153.
(12) BERGÓS, J. *Gaudí, el hombre y la obra*, pàg. 57, citat a PUIG BOADA, I. *El pensament* [...], pàg. 213.
(13) BERGÓS, J. *Gaudí, el hombre* [...], pàg. 37, citat a PUIG BOADA, I. *El pensament* [...], pàg. 171.
(14) ARGIMON, J. "Com es va salvar de ser volat el Temple".
(15) PUIG BOADA, I. *El Temple de* [...].
(16) BERGÓS, J. *Gaudí, el hombre* [...], pàg. 389, citat a PUIG BOADA, I. *El pensament* [...], pàg. 98.
(17) BERGÓS, J. *Conversaciones de* [...], pàg. 217, citat a PUIG BOADA, I. *El pensament* [...], pàg. 93.
(18) BERGÓS, J. *Conversaciones de* [...], pàg. 123, citat a PUIG BOADA, I. *El pensament* [...], pàg. 93.
(19) MARTINELL, C. Ob. cit., pàg. 87, citat a PUIG BOADA, I. *El pensament* [...], pàg. 99.
(20) BERGÓS, J. *Conversaciones de* [...], pàg. 101, citat a PUIG BOADA, I. *El pensament* [...], pàg. 92-93.
(21) MARTINELL, C. Ob. cit., pàg. 86, citat a PUIG BOADA, I. *El pensament* [...], pàg. 99.
(22) BERGÓS, J. *Conversaciones de* [...], pàg. 175, citat a PUIG BOADA, I. *El pensament* [...], pàg. 208.
(23) BERGÓS, J. *Conversaciones de* [...], pàg. 161, citat a PUIG BOADA, I. *El pensament* [...], pàg. 208.
(24) BERGÓS, J. *Gaudí, el hombre* [...], pàg. 57, citat a PUIG BOADA, I. *El pensament* [...], pàg. 213.
(25) MARTINELL, C. Ob. cit., pàg. 125, citat a PUIG BOADA, I. *El pensament* [...], pàg. 207.
(26) SUGRAÑES, D. Ob. cit., pàg. 17-36.
(27) MARTINELL, C. Ob. cit., pàg. 78, citat a PUIG BOADA, I. *El pensament* [...], pàg. 210.
(28) BERGÓS, J. *Gaudí, el hombre* [...], pàg. 102, citat a PUIG BOADA, I. *El pensament* [...], pàg. 207.
(29) BONET, J. *Temple Sagrada Família.*
(30) BERGÓS, J. *Conversaciones de* [...], pàg. 57, citat a PUIG BOADA, I. *El pensament* [...], pàg. 118.
(31) MARTINELL, C. Ob. cit., pàg. 43, citat a PUIG BOADA, I. *El pensament* [...], pàg. 193.
(32) MARTINELL, C. Ob. cit., pàg. 39, citat a PUIG BOADA, I. *El pensament* [...], pàg. 196.
(33) PUIG BOADA, I. *El Temple de la Sagrada Família*, pàg. 122.
(34) BERGÓS, J. *Gaudí, l'home i l'obra*, pàg. 149.
(35) *Manuscrit de Sugrañes* dipositat a l'Arxiu del Col·legi d'Arquitectes de Catalunya.
(36) BASSEGODA, J. *El Gran Gaudí.*
(37) PUIG BOADA, I. *El Templo de* [...].
(38) PUIG BOADA, I. *El Temple de* [...], pàg. 180.
(39) MARTINELL, C. Ob. cit., pàg. 87, citat a PUIG BOADA, I. *El pensament* [...], pàg. 99.
(40) MARTINELL, C. Ob. cit., pàg. 39, citat a PUIG BOADA, I. *El pensament* [...], pàg. 196.
(41) MARTINELL, C. Ob. cit., pàg. 113, citat a PUIG BOADA, I. *El pensament* [...], pàg. 193.

Bibliografia / *Bibliography*

Àlbum del Temple Expiatori de la Sagrada Família. Asociación Espiritual de Devotos de San José, Barcelona, 1917, 1920, 1926.

Àlbum Record a Gaudí i al Temple Expiatori de la Sagrada Família. Barcelona, 1936.

ARGIMON, J. "Com es va salvar de ser volat el Temple". *Temple*, 131, pàg. 19 (1997).

ARTIGAS AMAT, R. "Gaudí creador d'estructures". *La Veu de Catalunya* (11-VI-1928).

BASSEGODA, J. *Gaudí, vida i arquitectura*. Barcelona, 1977, pàg. 206-207.

– *La arquitectura de Gaudí*. Editorial Planeta, Barcelona, 1982.

– *Gaudí. La arquitectura del futuro*. "la Caixa"/ Salvat Editores, Barcelona, 1984.

– *El Gran Gaudí*. Editorial Ausa, Sabadell, 1989.

– *Antoni Gaudí*. Edicions 62 / Península, Barcelona, 1992.

– *L'Estudi de Gaudí: selecció d'articles publicats a la revista* Temple *entre 1971 i 1994*. Temple Expiatori de la Sagrada Família, 1996.

BENET, R. "Fent coneixença amb Le Corbusier". *La Veu de Catalunya* (21-V-28).

BERGÓS, J. *Gaudí, l'home i l'obra*. Editorial Ariel, Barcelona, 1954.

– *"Las conversaciones de Gaudí con Juan Bergós"*. Hogar y arquitectura (maig-juny 1974), Madrid.

– *Gaudí, el hombre y la obra*. Universitat Politècnica de Catalunya, Barcelona, 1974.

– *Tabicados huecos*. Col·legi Ofical d'Arquitectes de Catalunya i Balears, Barcelona, 1965.

BONET, J. *El Temple de la Sagrada Família*. Escudo de Oro, Barcelona, 1992.

– *Gaudí. Dibuixos originals. Originals drawings*. Junta Constructora del Temple Expiatori de la Sagrada Família, Barcelona, 1996.

– *Temple Sagrada Família*. Escudo de Oro, Barcelona, 1997.

BURRY, M.C. *The Expiatory Church of the Sagrada Família*. Phaidon, Londres, 1993.

CARDELLACH, F. "Explicació de Gaudí sobre les voltes de paraboloides, i estructura arborífera". *El Propagador*, 14, any IL (15-VII-1915).

CASANELLAS, R. *Nueva visión de Gaudí*. Editorial Polígrafa, Barcelona, 1965.

CIRICI PELLICER, A. *La Sagrada Família de Antonio Gaudí*. Ediciones Omega, Barcelona, 1952.

CIRLOT, J.E. *El arte de Gaudí*. Ediciones Omega, Barcelona, 1965 (3a edició).

COLLINS, G.R. *Antoni Gaudí*. Braziller, Nova York, 1960.

"El somni realitzat". *La Veu de Catalunya*, 2437 (20-I-1906).

FLORES, C. *Gaudí, Jujol y el Modernismo catalán*. Aguilar, Madrid, 1983.

GÓMEZ SERRANO, J. *L'obrador de Gaudí*. Edicions UPC, Barcelona, 1996.

GÓMEZ SERRANO, J., COLL, J., MELERO, J. i BURRY, M. *La Sagrada Família: de Gaudí al CAD*. Edicions UPC, Barcelona, 1996.

JOHNSON SWEENEY, J. i SERT, J.L. *Antoni Gaudí*. Ediciones Infinito, Buenos Aires, 1960.

Jornadas Internacionales de Estudios Gaudinistas. Col·legi Oficial d'Arquitectes de Catalunya, Ediciones Blume, Barcelona, 1970.

LAHUERTA, J. J. *Antoni Gaudí 1885-1926. Arquitectura, ideología y política*. Electa España, Madrid, 1993.

LE CORBUSIER. *Gaudí*. Editorial RM, Barcelona, 1958.

– *"Antonio Gaudí: estructura y forma". Dins: S. TARRAGÓ, Antoni Gaudí*. Ediciones del Serbal, Barcelona, 1991, pàg. 109-130.

"Manifestació de Gaudí de no treballar més que al Temple de la Sagrada Família". *Diario de Barcelona* (24-XII-1914).
MARTÍ MATLLEU, J. "Impresiones acerca del Templo de la Sagrada Família". *Diari de Barcelona* (6-III-14, 10-III-14, 19-III-14, 27-III-14, 4-IV-14, 5-V-14, 15-V-14).
MARTINELL, C. *Gaudí i la Sagrada Família comentada per ell mateix*. Aymà, S. L. Editores, Barcelona, 1951.
– *Gaudinismo*. Publicaciones Amigos de Gaudí, Barcelona, 1954.
– *Gaudí, su vida, su teoría, su obra*. Col·legi d'Arquitectes de Catalunya i Balears, Barcelona, 1967.
– *Conversaciones con Gaudí*. Editorial Punto Fijo, Barcelona, 1969.
MATAMALA, J. *Mi itinerario con el arquitecto*. No publicat, Barcelona, 1965.
PERUCHO, J. *Gaudí, una arquitectura de anticipación*. Ediciones Polígrafa, Barcelona, 1967.
PLA, J. *Homenots*. Editorial Destino, Barcelona, 1969, vol. I.
POBLET, J.M. *Gaudí, l'home i el geni*. Editorial Bruguera, Barcelona, 1973.
PRÉVOST, C. i DESCHARNES, R. *La visió artística i religiosa de Gaudí*. Aymà, Barcelona, 1969.
PUIG BOADA, I. *El Temple de la Sagrada Família*. Editorial Barcino, Barcelona,1929.
– *El Templo de la Sagrada Família*. Ediciones Omega, 2a ed.,Barcelona, 1952.
– *El pensament de Gaudí*, Col·legi d'Arquitectes de Catalunya i Balears, Barcelona, 1981.
– *El Temple de la Sagrada Família*. Nuevo Arte Thor, 4a ed., Barcelona, 1982.
PUJOLS, F. *La visió artística i religiosa d'en Gaudí*. Barcelona, 1927.
QUINTANA, F. de P. "Les formes guerxes del Temple de la Sagrada Família". *La Ciutat i la Casa*, 6 (1927), pàg. 16-29.
RÀFOLS, J.F. *Antonio Gaudí*. Ed. Canosa, 2a ed., Barcelona, 1929.
– *Gaudí, 1852-1926*. Editorial Aedos, 3a ed., Barcelona, 1952.
RÀFOLS, J.F. i FOLGUERA, F. *Gaudí*. Ed. Canosa, Barcelona, 1928.
SOLÀ-MORALES, I. *Gaudí*. Ediciones Polígrafa, Barcelona, 1984.
"Solució definitiva de les voltes d'hiperboloides. Fases principals (maqueta) del projecte definitiu de les sagristies". *El Propagador*, any LVI, 7, (1-IV-1922), pàg. 103-104.
SUGRAÑES, D. "Disposició estàtica del Temple de la Sagrada Família". *Anuari Associació d'Arquitectes de Catalunya*, Barcelona, 1923, pàg. 17-36.
– "Explicación del gravado de la sección longitudinal del Templo". *El Propagador*, 9, any LI (1-V-1917), pàg. 148-153.
– "Informe de las obras". *El Propagador*, 14, any LIV (5-VII-1920), pàg. 215-258.
– "Se va a terminar un campanario". *El Propagador*, 1, any LIX (1-I-1925), pàg. 22.
"Suplement: homenatge a Antoni Gaudí". *El Matí*, Barcelona (21-VI-36).
TARRAGÓ, S. *Gaudí*. Escudo de Oro, Barcelona, 1974.
TORII, T. *El mundo enigmático de Gaudí*. Instituto de España-Madrid, Madrid, 1983.
VINCI, L. *Antoni Gaudí*. Ediciones Nauta, Barcelona, 1970.

Fotògrafs / *Photographers*

Salvador Redó:	pàg. 35, 36, 39, 39, 41, 49, 50, 52 sup., 53, 55, 59, 66, 70, 76, 82, 83, 85, 86, 87, 91, 93, 94, 95, 96, 98, 99, 102, 104, 109 sup., 111, 123, 129, 131, 133, 135, 138, 139, 140, 141, 142, 143, 145, 147
Jordi Bonet:	pàg. 12, 19, 25, 44, 52 inf., 57, 61, 64, 72, 80, 89, 109 inf., 148, 149, 152
Jordi Faulí:	pàg. 105
Arxiu del Temple Expiatori de la Sagrada Família:	pàg. 15, 17, 19 sup., 20, 23, 24, 26, 27, 29, 30, 31, 33, 43, 45, 47, 51, 107, 115, 119, 121, 127, 130, 151, 155
ECSA:	pàg. 11, 150, 137